皇帝陛下の専属司書姫4
闇堕ち義弟の監禁ルートは回避したい!

# 皇帝陛下の専属司書姫４

## 闇堕ち義弟の監禁ルートは回避したい！

やしろ慧

K E I Y A S H I R O

一迅社文庫アイリス

CONTENTS

ルーカス
トゥーラン皇国の皇帝で、絶大な魔力の持ち主。カノンの恋人。
ゲームの攻略対象でありラスボスでもある。ゲームでは『憤怒』の大罪持ち。性格は狡猾、傍若無人。
闇堕ち義弟の監禁ルートは回避したい!
皇帝陛下の専属司書姫
4
カノン
十八歳。元パージル伯爵令嬢。異母妹のシャーロットに会ったことで、自分がゲームの悪役に生まれていたことに気づく。
悪役の運命を逃れ、平穏な人生を送ることが目標。
皇室所縁の名誉爵位——シャント伯爵位と皇宮図書館の館長職を授かった。ルーカスの恋人で結婚を控えている。

## レヴィナス

十七歳。カノンの義弟で、皇都の大学に通っている。ゲームの攻略対象の一人。『嫉妬』の大罪持ち。

## ロシェ・クルガ

二十五歳。孤児院出身の美貌の神官。ゲームの攻略対象の一人。『色欲』の大罪持ち。

## キシュケ

二十代後半。商会を営むランベール子爵家の長男。陰鬱な雰囲気の男性。ゲームの攻略対象の一人。『暴食』の大罪持ち。

## シャーロット

十六歳。カノンの異母妹で、ゲームのヒロイン。愛らしい容姿の持ち主。綿菓子みたいな女の子。

## オスカー

二十五歳。ディアドラ侯爵家の嫡男で、カノンの元婚約者。ゲームの攻略対象の一人。『傲慢』の大罪持ち。

## ベイリュート

タミシュ大公。その美貌と女性遍歴で有名。ゲームの攻略対象の一人。『怠惰』の大罪持ち。

## ダフィネ

皇太后。ルーカスの祖母で育ての親。カノンの母、イレーネの後見人をしていた。

## ミアシャ

ラオ侯爵。元ダフィネの侍女で爵位を継いだばかり。派手な美女。

## ヴァレリア

先代皇帝の娘で、ルーカスの叔母。未亡人。三十代半ばの美女。

## ジェジェ

白いホワホワした毛並みの魔猫。カノンのことを気に入っている。国の霊獣で準皇族。

## シュート

ルーカスの側近。近衛騎士団の騎士。ルーカスとは子供の頃からの付き合い。

## ラウル

ルーカスの側近で性別不明の人物。カノンの侍女兼護衛騎士。

## キリアン

ルーカスの側近。近衛騎士団の騎士で、人狼族の青年。

## グレアム

カノンの父親で元バージル伯爵。長女のカノンには冷たく、次女のシャーロットを溺愛している。

## イレーネ

カノンの母親。皇族の傍系の娘で、皇太后の庇護下で養育された。カノンが幼い日に亡くなった。

## ゾーイ

子爵夫人。皇宮図書館の副館長。人当たりの柔らかい人物。

## セシリア

霊獣ジェジェの養子になった、元孤児の少女。明るくしっかり者。ノアの姉。

## ノア

霊獣ジェジェの養子になった、元孤児の少年。人見知りなところがある。

## ◈ KEYWORD ◈《虹色プリンセス》

生まれ変わる前のカノンがプレイしたことのあるゲーム。

七人の攻略対象がそれぞれ七つの大罪『傲慢』『強欲』『嫉妬』『憤怒』『色欲』『暴食』『怠惰』になぞらえた『傷』を持っている。その傷をヒロインたちが癒さないと家や国が滅ぶ物騒な内容。

イラストレーション◆なま

Librarian Princess for the Emperor

# ★プロローグ

すべては君のためなのだと彼は囁《ささや》く。君を守るのだ、と。

その言葉を裏切って彼は彼女からすべてを奪っていくのだ。――最初は、声だった。

「僕の名を呼ばないのならば、君の美しい声に意味はない」

身勝手な言葉をこのうえなく優しい声で紡ぎながら、彼はひんやりとした指で彼女の喉《のど》に触れて、すり……と慰撫《いぶ》した。

「僕以外の誰《だれ》かに助けを請うための声ならいらない。取り上げてしまおう」

離して、と声なき叫びで空気を震わせて必死に抵抗してみれば、彼が次に奪ったのは肢体の自由だった。

くたり、と力が抜けた身を彼に無防備に預けたさき、愛《いと》しげに髪を梳《す》く手は丁寧で、彼女は一瞬勘違いしそうになる。まるでこれは愛のようだと。

親が子を愛しむような、ひたすらあたたかな感情。

「あなたを守るための僕は檻《おり》だ。あなたは檻の中で安らぐだけでいい。あなたを脅《おびや》かす怖いことはないでしょう？　誰もあなたを傷つけたりはしないから……僕以外は」

振る舞いは支配にすぎないのに、切実で優しい声が降り注ぐ。

彼女が上目遣いに睨《にら》む眦《まなじり》からは涙が零《こぼ》れ落ちる。涙粒に口づけて彼は微笑《ほほえ》んだ。

「僕以外の誰かを見る必要もないですね。どうかもう、何も見ないで。何も」

願いは祈りのようで、荘厳で美しい。

「もう、どこにも行かないで。あなただけは僕を見ていて」


——男女の抱擁をどこか遠くから、カノン・エッカルトは眺めていた。

遠い？　本当にそうだろうか。こんなに近くに二人を感じているのに？

そもそも、自分がいるのはどこなのだろう。

天井か、窓の外か、地下牢《ろう》か。

カノンは上下左右の感覚が曖昧《あいまい》になったまま、ふわふわとした感覚で彼らを眺めていた。

この場面には覚えがある、とぼんやり思う。

——カノンは、今自分が存在するこの世界が、とあるゲーム世界に似ていると知っている。

虹色プリンセス。ヒロイン、シャーロットを巡る青年たちの物語。

業を持った人間たちの話だ。

カノンは前世でそのゲームをプレイした経験があり、何の因果か現世では、物語の悪役だった『カノン・エッカルト』に生まれ変わっている。

もはや遠い記憶になったゲームの内容を思い出そうとする。

これはきっとヒロインとカノンの義理の兄弟『レヴィナス』の、バッドエンドルートだ。

「嫉妬《しっと》」の業をもったレヴィナスは幼い頃《ころ》から義理の妹シャーロットを愛していた。

シャーロットが他《ほか》の男を愛し、その恋が成就する前にレヴィナスに別れを告げると、彼の嫉妬の業が発動し、この分岐点は発生する。

レヴィナスは言葉巧みにヒロインを誘い出して監禁し、屋敷の地下で共に破滅を待つのだ。

『一緒に死のう、シャーロット。二人なら寂しくないよ――』と。

――シャーロットをレヴィナスが殺す？

カノンの意識が次第に鮮明になる。カノンはぞっとして胸に手を当てた。

「たとえ今は道が分かれたとしても、殺すなんて……駄目よ！」

義妹シャーロットは今、遠く離れた所にいる。

婚約者のオスカーと共に平穏に暮らしているはずだ。レヴィナスもそれに納得したはず。

弟妹が争う理由は、もはやどこにもないはずなのだ。

レヴィナスのバッドエンドルートが行きつく先は彼の破滅でもある。

シャーロットの死後、光もささない静かな部屋で、彼は孤独にその生を終える……。

このルートではカノンはどんな最期を迎えたか。

――たしか、シャーロットに手ひどく振られたレヴィナスを嘲笑《あざわら》ったせいで彼の逆鱗《げきりん》に触れ、どこかの地下室に監禁されてそのまま孤独に死んだ気がする。

ろくでもない死に方だが、それは今ここでは関係ない。

「あなたは誰かを傷つけたりはしないでしょう？　ねえ、レヴィ。私の声を聞いて」

カノンは、レヴィナスが抱きかかえている女性を見て、はっとする。

彼が抱き上げた女性は彼の腕の中でくたりと力を失っていた。

その髪の色は。

——艶《つや》やかな、黒。

異母妹は鮮やかなストロベリーブロンドの髪をしている。だから、レヴィナスに抱きかかえられるのはシャーロットではない。

カノンは恐るおそる近づいて呆然《ぼうぜん》と呟《つぶや》く。

「あれは、……私？」

抱きかかえられているのは、全身の力を失って暗い目をしている自分自身の姿だった。

『あなたはもう、何も見えない、何も聞こえない。どこにも行けない。僕と一緒にいるしかない。僕はあなたから、僕以外のすべてを奪う——だから、僕と死ぬまで、二人きりでいて——』

人形のようにその手がだらりと下がるのを見て、カノンはその場で悲鳴をあげた。

# ★第一章　首都は華やかなりし

「ご婚約万歳！　皇帝陛下がご婚約だと」

「お相手は司書姫様だ！」

トゥーラン皇国の首都、ルメク。

春の終わりに公表された慶事は瞬《またた》く間に皇都中を駆け巡った。

かねて皇帝の婚約者として噂《うわさ》されていたラオ侯爵家のミアシャは、兄セネカ・ラオが引き起こした不祥事によって候補から脱落した。

よって、それまで対抗馬としてみなされていた皇族の傍系——と言ってもそう称していいのは彼女の母親の代までだが——たるカノン・エッカルト・ディ・シャント——シャント伯爵が正式に皇妃として立つという。

皇都の民はこの報《しら》せに喜んだ。彼らはおおむねシャント伯爵贔屓《びいき》だからだ。

蝶《ちょう》よ花よと育てられてきた大貴族の令嬢であるミアシャより、侯爵に婚約破棄され父であるパージル伯爵にも見捨てられ、逃げるようにして皇宮に来た娘が若き皇帝の心を奪った、という——下克上めいた状況が庶民には痛快であったし、何よりカノン・エッカルトは「司書姫」。

本が好きで、貴族令嬢なのに皇宮図書館で働く変わり者。皇都の図書館を整備し一般に親しみやすいものに変えた功績もある。

皇宮図書館は敷居が高くとも、皇都の五区画に整備された児童図書館には子供の付き添いも兼ねて行く大人《おとな》も多い。

司書姫は、貴族だが市民に近しい存在だ、とそんな好感を一方的に抱かれている。

ひと月もすれば、皇帝は皇妃になるカノンを伴い国教会の大聖堂で宣誓をする予定だ。

大聖堂は皇都ルメクの中心にあり、本来は平民が出入りできないがその日ばかりは違う。

美しく装った次期皇帝夫妻が宣誓するのを見られる。皇都の民たちは、まだひと月以上は先なのに、その日を楽しみにしていた。

婚約発表から少し日が経《た》った初夏になっても皇都および皇宮は未《いま》だ祝賀ムードに包まれていて、カノン・エッカルトの周辺は様々な手続きに追われていた。

皇宮の小さな部屋で行われている署名も手続きのうちの一つだが、部屋の空気は祝賀ムードではなく、むしろ怨嗟《えんさ》の声が聞こえた。

「そもそも伯爵家の娘が側室でもなく皇妃になるなど、正気の沙汰《さた》ではない！」

祝賀の空気など全く関係ない、と言わんばかりの冷え冷えとした声で男は言い放つ。木製の卓を挟んで向かいに座った人物は小さく息をはき、男の隣に座した青年は俯《うつむ》いて押し黙った。

「かつて次女を皇帝に勧めようとした男の言葉とも思えないな。そして彼女は伯爵であって伯爵家の娘、ではない。口を慎《つつし》め」

赤毛の侯爵——、否、「元」侯爵ケイン・ラオは真向かいに座った己よりはいささか年若い男を諌《いさ》めた。

男——グレアム・パージルは鼻で笑うと卓に置かれた書面に署名をする。

こちらも爵位には元がつく。パージル元伯爵……。皇帝と婚約したカノン・エッカルトの実父だ。彼は署名した書類を立ち会っていた書記官に渡した。

「これでいいいか」

「問題ございません、パージル伯爵」

書記官の呼びかけにグレアムは鼻で笑った。

「元、だ——。そうだろう、レヴィナス」

グレアムと同じ髪色をした青年は話を振られ、無言で頷《うなず》く。

レヴィナス・パージルは、先月グレアムから爵位を正式に譲られて伯爵になった。だから、グレアムは爵位を持たないただの貴族の男だ。

それでも、——本来ならば娘カノンの栄達でこれから皇都では栄華を誇ってもよかっただろう。だが、グレアムは供も連れずに皇宮に現れ、貴賓室というにはあまりに寂しい一室にいて彼が持っていた権利を手放そうとしている。

どうでもいい、と言いたげに使ったペンをぞんざいに置く。

『——長女カノン・エッカルト・ディ・シャントに対して爵位に関する件だけでなく、その血に関わる相続の権利一切を放棄し、その権利は後見人であるラオ侯爵家に譲る――』

そう記載された書類だ。

カノン・エッカルトはパージル伯爵家に関する権利をすべて放棄している。この署名は逆だ。つまり「今後もしもカノン・エッカルトが不慮の死を遂げても」実父たるグレアム・パージルは娘の遺産を何も――髪の毛すら手に入れられないことになる。

「後悔はないのか」

投げ出されたペンを拾い、ケイン・ラオは渋面でグレアムに問いかけた。

「後悔？　何を？」

「イレーネ殿と君が不仲だったのは知っている。だが娘は別だろう」

「――折り合いの悪い親子など珍しくもない。あなたたちのように」

亡くなった長男を当てこすられてケインは目を伏せる。

大罪を犯した息子を偲《しの》べているのは、息子が不幸な死に方をして彼岸に渡ったからだ。折り合いが悪かったのはグレアムの指摘通りで、身勝手な感傷だと自嘲《じちょう》せざるを得ない。

「だからこそ……いいのか、と聞いている。――私の息子は悪辣《あくらつ》だった。だが、私は……やり方を間違えたにしろ、息子に情があった。だから今はとても苦しい。君はまだやり直しができるだろうに……このままでいいのか。祝いの言葉を述べたいなら機会を設けよう」

はっ、とグレアムは笑った。

「私はカノンに思うことはない。聞きたいことがそれだけならば――これで失礼する。久々に皇都に来たのだ。顔を出したい所もあるからな」

「義父上、送りましょう」

「よせ。パージル伯爵の手を煩《わずら》わせるつもりはない」

レヴィナスの申し出にグレアムは肩を竦《すく》めた。

「おまえに裏切られるとは思わなかったよ、レヴィナス……おまえにはよくしてやったのに。私も、シャーロットも」

「裏切るなんて。今まで通り僕たちは家族です」

グレアムは鼻で笑った。

「遅れて申し訳ありません。……あら？　もうお帰りになるのですか」

グレアムの視線の先、扉が開く。

入室してきたのは燃えるように見事な赤毛を肩の長さで切りそろえた女性だった。

「これは、ラオ侯爵令嬢。ご機嫌いかがかな」

皮肉な口調にミアシャはくすりと笑う。令嬢と呼ばれるには今のミアシャの服装には違和感がある。華やかといえどもパンツスタイルの礼服は、官吏に近い。

「令嬢ではありませんわ、グレアム様。わざとなら嫌味のセンスがないし、本気で間違えているなら――耄碌《もうろく》したのかと勘違いしてしまいそう」

「……くっ……」

微笑《ほほえ》む娘をケイン・ラオが視線で窘《たしな》める。

グレアム・パージルは苦い表情で口を曲げたが「失礼する」と言い捨てて優雅に一礼し、部屋を出ていった。ケインはこめかみを押さえ、レヴィナスは苦笑する。

「お久しぶりです、ミアシャ様」

「パージル伯爵もごきげんよう」

和やかな二人の横でケイン・ラオは苦い表情でこめかみのあたりを指でもんだ。

「前任者として苦言を呈すが、敵を作る物言いはやめなさい、ラオ侯爵。人を刺して楽しいのは一瞬だけだ」

「気をつけますわ、お父様。でも、あまりにもあの方がカノンに冷たいのだもの。結婚する娘に何か一言あってもいいのでは？」

肩を竦めたミアシャはグレアム・パージルが座っていた椅子《いす》に腰を下ろした。

「父と異母妹を捨て、カノンだけが幸福になったと拗《す》ねているのだろう」

ケイン・ラオは書類に視線を落とす。迷いなく署名された生真面目《きまじめ》な筆跡は意外にもカノン・エッカルトと似ていて苦笑せざるを得ない。

「ごねずに縁を切ってくれてよかったと言うべきなのかしら」

トゥーランの皇帝は皇族か侯爵家以上、あるいは他国の王族を娶《めと》ることが多い。

伯爵家と縁づいたことは数えるほどしかない。

それでも伯爵家の令嬢であるカノンが皇帝の婚約者となることに大きな反対がなかった理由はいくつかある。まず彼女がこの国では数少なくなった皇族の縁者というのが有利に作用したこと。どうも結婚願望が薄そうな皇帝が彼女の手を取ることを望んだこと。

側近及び有力貴族が皇帝の気まぐれを重要視したおかげで婚約は思いのほか円滑に進んでいる。だがやはり伯爵家では皇妃の実家としての格が違いすぎるから、どこかの侯爵家が彼女を養女にするべきだということで反対もなかったわけではない。

皇帝の信任篤い老侯爵ハイリケ、現時点で侯爵家序列最上位のヴィステリオン侯爵家。

彼らがテーブルの上では笑顔で茶を飲み、下で互いの足を蹴りあっている間に、ケイン・ラオは皇帝から直々にカノン・エッカルトを猶子《ゆうし》としないか、と打診を受けた。

『ハイリケもヴィステリオンも後ろ盾として申し分ない。だが、それではバランスが崩れる』

トゥーランの皇族は数が少ない。

若い皇帝には伯父と伯母がいるが、彼らの境遇を考えればもはやルーカス一人が皇族と言っていい。彼に何かあった場合……、と口にするのさえ不遜な可能性をあっさりと口にしてルーカスは言った。

『侯爵家の誰《だれ》かが皇帝にならねばならん。協議でな。――ディアドラの馬鹿《ばか》がしくじったせいで今やハイリケとヴィステリオンが侯爵の中で権勢を誇りすぎている』

だからと言ってカノンの婚約者だったオスカーを後見人にするわけにもいかないし、数年前、他家を除外しようと画策したサフィンを優遇するわけにもいかない。

侯爵位をもつ家のバランスを取れ、と『まだラオ家につぶれてもらっては困る』からと皇帝はあえてラオ家に恩情をかけることにしたらしい。

恐縮するケインにルーカスは笑った。

『喜ばしいことばかりではない。カノンが暴走すればラオ家の責任だし、金もかかる。他の侯爵家にも妬《ねた》まれる。だが、ミアシャと卿はカノンを裏切らないと見込んでのことだ。頼めるか』

皇帝に頼まれて断れるわけもない。ミアシャとケインはその話を受けた。

爵位と領地の返上は覚悟していたのだ。国に与えた恥と損害を雪《すす》ぐ機会があれば、これほどありがたいことはない。何より皇帝にもカノン・エッカルトにも返しきれない恩が、ケインとミアシャにはある。

「奇妙な縁でラオ家はカノン様の後見を務めることとなりました。パージル伯爵とも、よりよい関係を築きたいわ」

「もちろんです、侯爵」

ミアシャが差し出した手をレヴィナスも握り返す。

「それで、カノンは今日どうしている？　グレアムが来るとは伝えたのだろう？」

ケイン・ラオがミアシャに問うた。

「花嫁修業中ですね。さっき覗《のぞ》いたら家庭教師にがみがみ言われて泣いていたわ――今夜、ヴィステリオン家主催の夜会に行くから、ダンスのおさらいをしていたのだけど……」

カノンは実家では母イレーネが逝去してからは放置されてきた。

基本的な礼儀作法は問題ないし、知識量も目を瞠《みは》るものがあるが、それは皇妃が求められる類《たぐい》のものとは違う。作法や立ち居振る舞い。ダンスも必須項目ではあるだろう。

そこは彼女に励んでもらう必要がある。

「怒られてばかりで可哀《かわい》そうに。ダンスならおまえが教えてやりなさい」

「だめよ、父上。――私が教えると甘くなるし。それに私も慣れない侯爵の仕事で精いっぱい！　共倒れになるわけにはいきませんもの」

領民を自己の利益のために食い物にした、と後ろ指をさされる侯爵家と一蓮托生《いちれんたくしょう》なのは申し訳ないが、カノンにも励んでもらわなければならない。

「まずは陛下が司書姫と幸せになることを――、臣下として祈ろう」

ミアシャは苦笑してケインに同意した。

「私は身支度をしてから、カノンの部屋に戻るけれど。パージル伯爵はどうするの？」

ミアシャがレヴィナスを窺《うかが》う。

「僕は一度、屋敷に戻ります。来客がある予定なので」

では後ほど、とラオ家の親子に別れを告げてレヴィナスは部屋を出た。

廊下を曲がったところで、立ち止まっているグレアムに気づいて顔を上げる。帰ると言ったはずだが――レヴィナスを待っていたのだろうか。

「どうなさいました、義父上？　やはり一緒に屋敷に戻りますか？」

「もはや私の家はあそこではない。――頼まれても戻るつもりはない」

ならば恨み言を言うつもりか、と表情を窺うが、そうではないらしい。胸元から取り出した手紙を押しつけられた。

「シャーロットからおまえ宛に手紙を預かっていたのでな、渡しておく」

「……シャーロットから？　僕にですか？」

以前、シャーロットが義姉カノンを殺そうとした事件があった。

しかし彼女の罪は様々な思惑が絡み合って不問に付され、今は婚約者のディアドラ侯爵家のオスカーと共に領地にいる。だからレヴィナスとは会う機会は少ない。

レヴィナスがカノンの味方をしたことに義妹は憤慨し、レヴィナスの伯爵位相続の話をした時以外は顔を合わせていなかったし、この一年ほどは手紙のやりとりも数えるほどだった。

その彼女がわざわざグレアム経由で手紙をよこすとは……。

「カノンとパージル家は、本日ついに縁が切れた。おまえはパージル伯爵家のレヴィナスだ。それを忘れるな」

グレアムは苦々しい口調でレヴィナスを指さす。

「爵位を譲り受けたからにはシャーロットを……、パージル家の者を守り抜け」

手紙をちらりと確認して、レヴィナスは苦笑した。

「わかりました。義父上――しかし、残念に思います。あなたがシャーロットに抱く半分でもカノンに愛情を向けていたら、今もパージル伯爵は……あなただったでしょうに」

グレアムは口の端を皮肉な形につり上げた。

「本当に、心配ではないのですか？　義姉上だって皇宮で気ままに暮らしているわけではありません。東部では危ない目に遭ったようですし――先日もお一人で出かけた先で馬車を襲撃されたのをご存じでしょう？　――私が手紙でお知らせしましたから」

「そうだったか？　私にはもはや、関係が無い」

カノンは皇妃になることが決まってからも皇宮図書館で働いているし、皇都の中にある児童図書館へ行くこともある。

襲撃者は即刻近衛《このえ》騎士に捕らえられ、騎士たちに怪我《けが》はなかったようだが、襲撃者は尋問を前に自死したと聞いた。カノンは何も言わないが――多分、亡くなった襲撃者を悼んで気落ちしているだろう。

そういう人だ。

婚約を公にしてからカノンが危険な目に遭う頻度はずっと高くなった。

「義父上の娘はシャーロットだけではないでしょう」

「――イレーネは私を愛してはいなかった。カノンの父親が誰かわかったものではない。それなのに、なぜ私がカノンを愛してやらねばならない？」

「……そうですか」

レヴィナスは力なく相づちを打った。憎悪を浮かべたグレアムは緑色の瞳《ひとみ》をしている。

カノンと同じ、珍しい色だ。

筆跡、指の形、髪や瞳の色。――父娘の共通点はあまりに多いのに、グレアムはかたくなにそれを認めようとはしない。イレーネを憎む故だとカノンは言っていたが。『政略結婚をしただけ』の、しかも死んで十数年も経った女を執念深く憎む理由は何だろう……。

その感情を何と呼べばいいのか、彼本人は自覚しているのだろうか。

レヴィナスはそれ以上は何も言わずに、去りゆく義父の背中を見つめた。

「愛を返してはくれなかった女性を、憎み続けるのは辛《つら》くはないのですか。義父上」

レヴィナスは嘆息しシャーロットからの手紙を広げ、文面に目を走らせる。

読み終えると廊下の壁に背中を預けて天井を仰いだ。ぐしゃりと手紙を右手でつぶす。

愛されないと嘆く女が、ここにも一人。

「パージル家の者は、愛されない呪《のろ》いでも受けているのか？」

自嘲する声は幸いなことに、誰の耳にも届かないまま、そっと空中に消えた。

◆

ラオ侯爵ミアシャは深紅のドレスに身を包んで歩いていた。縁取りや差し色、レースは黒。

皇妃候補だった時の夜会にはあまり身に着けなかった色だ。

皇帝ルーカスは夜会では（おそらく面倒くさがって）白い軍服の礼装をするのが常だから、赤い鮮やかなドレスではどうしても調和しない。

爵位を継いだ今となっては彼を引き立てる格好をしなくてよくなったので、楽だ。

皇帝の住まう太陽宮の一室——カノン・エッカルトの部屋に挨拶《あいさつ》に行くと部屋の主は鏡の前で眉間《みけん》に皺《しわ》を寄せて唸《うな》っていた。

「浮かない顔ね、カノン」

ノックも適当にカノンの部屋に入ると侍女姿のラウルが冷たい視線を寄越してきた。

「時間前に訪れるのは無礼でしょう、侯爵閣下」

「十分早く来ただけよ？　相変わらず融通《ゆうずう》が利かないわね」

追い払う仕草をすると、頬《ほお》を引き攣《つ》らせながらも、ラウルは大人《おとな》しく従った。

口うるさいラウルが侯爵という爵位の前では一定の敬意を払う、というのは気分がいい。

ラウルも実は名門侯爵家、ハイリケの嫡孫ではあるのだが——父親と揉《も》めて紆余曲折《うよきょくせつ》あって家出し、ルーカスに仕えている。ここ最近ではすっかりカノンの忠犬だ。

今度、地位を笠《かさ》に着てラウルをたっぷりいびってやろうとミアシャが企《たくら》んでいるとカノンが呆《あき》れたような声でミアシャを諌めた。

「また邪悪なことを考えているわね？　ミアシャ・ラオ」

「そんなことはなくってよ？　ほほほ」

笑ってごまかすミアシャを、カノンはじっと見た。

「さっきラウルに聞いたわ。父上が皇宮に来ていたって。私に何か伝言が……」

言いかけてカノンは首を振った。

「……無いわね。あの人が私に言葉をくれるわけがないもの」

ミアシャはせいぜい軽薄に見えるように、肩を竦める。

「何か言いたそうだったわよ。だけど私が聞きたくなくて追い払ってしまったわ。――あなたが会いたかったなら、ここにお連れすればよかったわね？」

苦笑したカノンは、今日は浅緑色のドレスを身に纏《まと》っている。彼女の知的な雰囲気にはよく似合う色だ。

黒髪は珍しく一つに編み込んで緩く背中に流しているのが優しい印象になる。

皇帝はカノンが着る衣服にはそう頓着しないし、今宵《こよい》もどうせ「カノン・エッカルトは何を着てもよく似合う」と真顔で褒めるだろうが、後見のラオ家としてはそれでは困る。

いかにこの風変わりな司書姫が美しく、皇帝の寵愛《ちょうあい》を受けているのかを、二人の間だけでなく皇都に広く知らしめてもらわなければ。

手っ取り早く皇帝の瞳と同じ色をしたルビーの首飾りでもつけてくれればいいのだが、皇帝は自分の色より彼女が持つ綺麗《きれい》な（というと未だ褒められるのがこそばゆいのかカノンの視線は泳ぐが――）翡翠《ひすい》をつけさせるのがお好みだ。

首元に飾られた翡翠の首飾りにミアシャが目を留めた。親指の爪《つめ》ほどの大きさはある。

「素敵な翡翠ね」

「だけど重いのよ」

カノンは照れ隠しで苦笑した。

「とてもよくお似合いです――伯爵様」

十代前半の少女が、頰を染めてカノンを褒めた。

少女はセシリアといい、神官ロシェ・クルガの縁者だ。以前、弟と共に間接的にカノンに救われ、それ以来皇宮で働いている。

少しの間は、皇宮の下女として、ついでに「猫係」として働いていたのだが、ひょんなことから準皇族たる自称『とっても偉いお猫様』ジェジェの養女となり、――さすがに猫の気まぐれとはいえ準皇族の養女が下女のままでは体面が悪い、とカノン付きの侍女見習いになった。

「んんっ。ありがとう、セシリア。でも、セシリアは私のこと、何でも褒めてくれるから」

「そんな！　本当にお綺麗です！　正直に言っているだけです！」

力一杯褒められて、カノンはまたいたたまれないらしく照れて微笑んだ。

こういう柔らかな表情を親しい間柄の人間だけでなく、色々な貴族に見せていけばいいのにな、とミアシャとしては歯がゆい。

「重いのは悪かったが、よく似合うではないか？」

――低い男性の声が聞こえてきたのでカノンは立ち上がり、セシリアは慌てて壁際に寄り、ミアシャは一歩引いて頭を下げた。

「翡翠は君の白い首元によく映える」

皇帝ルーカスは衒《てら》いもなく恋人を褒めた。

「皆、翡翠ばかり見るのでは？」

「安心しろ。カノンの前では霞《かす》む」

「落としたらどうしようか、と不安で」

「そうそう割れることはないだろう、失くしたなら、また同じものを取り寄せよう――翡翠は魔を払う、身につけていろ」

気前よく言いつつ、カノンの頬をルーカスの長い、しかし武骨な指が撫《な》でた。

以前も魔力のこもった宝石で魔獣を退けたことがある。身守りとしても力があるものなのだろう。カノンは翡翠に手を触れて、はい、と頷いた。

セシリアや侍女たちが主人の仲睦《なかむつ》まじい様子を満面の笑みで見つめている中、ミアシャはおや、と皇帝の指に視線を留めた。夜会で男性貴族は手袋をすることが多いが、皇帝は今日それを外している。訝《いぶか》しんだミアシャは近衛騎士のシュート卿を見た。人畜無害なふりをしつつ実際は、血も涙もない近衛騎士は、ミアシャの視線に気づくとへらりと笑う。

その手にも手袋はない。理由を聞こうと思いつつ、ミアシャは皇宮を出る二人に付き従った。

用意された馬車は二つ。

「ミアシャは一緒の馬車に乗らないの？」

カノンの問いかけにミアシャはちらりと皇帝を見た。

笑顔だがカノンと違って無言の圧が怖い。同性にまで嫉妬《しっと》しなくてもよいではありませんか、相も変わらずお心が狭いですよ――と揶揄《からか》いたかったがミアシャはいい子に口を噤《つぐ》む。

「シュート卿がエスコートしてくださるそうなので別の馬車に乗ります。そうですよね？」

「いや、私は陛下の護衛で馬車に――痛ッ……！　いや、侯爵閣下と乗りますぅ……」

ミアシャの踵《かかと》で足を踏まれたシュートは呻《うめ》き、大人しく引きさがった。

痛がるシュートと満足げなミアシャを、珍しくルーカスが柔らかい表情で眺めている。

皇妃候補として皇宮で暮らしていた頃《ころ》より、ミアシャは皇帝を慕わしく感じる。

彼がカノンと並んでいる時はずいぶんと、彼らしくない……、血の通った人間らしい表情を浮かべるのでほっとするのだ。

カノンも皇帝の隣では笑ったり怒ったりと忙しそうで、似合いの二人だな、と改めて思い、未練が無い自分に安堵《あんど》する。――ミアシャは二人に恩がある。

二人がこのまま幸せになるといいと願いつつ、シュートを連れて馬車に乗り込んだ。

◆

「疲れた顔をしているな」

「そうですか？」

馬車の中で問いかけられカノンは自分の顔に触れた。化粧でごまかせなかったらしい。

同じ宮で過ごしながらカノンがルーカスに会うのは三日ぶりだ。

以前にもましてルーカスは忙しいし、カノンはカノンで図書館業務に加えて「皇妃としての教育」を家庭教師から毎日夕方から夜まで教えを受けているせいで暇が無い。

泣きそう、へこたれそう、とラウルに愚痴っては慰められるのが日課になってしまった。

ルーカスの偽装恋人を始めた時にもひととおりの教育を受けたが、家庭教師たちの熱意があの頃とは段違いだ。

夜会に行くのも実は億劫《おっくう》だが――そんなことは言っていられない。

「皇妃教育など、投げ出して構わないぞ。どうせほとんどは習った通りにはいかんしな」

「やる気を削《そ》がないでください！」

「粗《あら》を見つけて責めてくる奴《やつ》らも多い。夜会で難癖をつけられたら顔と名前を覚えておけ」

「ルカ様に告げ口したら、なんとかしてくれるんですか？」

カノンが口を尖《とが》らせると、大真面目にルーカスは頷いた。

「安心しろ、埋めてやる」

やりかねない。

「……埋めたい人物が見つかったら申告します……」

一瞬それもいいのではないかと思ってしまい、ルーカスの思想に毒されているな、と反省していると、ルーカスの頭が肩に載ってくる。

「到着するまで少し眠りますか？　ルカ様」

「……眠いわけではない。甘えたいだけだ」

図体《ずうたい》の大きな男が甘えるというのがおかしくて、カノンは微笑んだ。

「どうぞ、ご随意に」

カノンは言いながらルーカスの手を取った。

「ルカ様もシュート卿も今夜は手袋をしていないんですね。どうしてですか？」

「気分で外しているだけだ」

カノンは指を意味なく引っ張った。ルーカスが無表情で痛いと呟《つぶや》く。

「以前、シュート卿にもどういう時に手袋を外すのか、尋ねたことがあるんです。シュート卿曰《いわ》く、手袋がない方が剣を扱いやすいから警戒時は外すって。ルカ様もそうですか？」

ルーカスが小さく舌打ちした。

「あのお喋《しゃべ》りめ。……不本意ながら俺《おれ》の剣術の師はあいつだからな。俺もあいつと一緒で布越しだとどうも感覚が鈍る。気分の問題ではあるが、――無い方が剣は扱いやすい」

「今夜は剣が扱いやすい方がいいんですか？」

「皇女が来る」

ルーカスが簡潔に答えた。それだけでなんとなく理由が察せられる。

「ヴィステリオン家の夜会に？　珍しいですね」

ヴィステリオン侯爵フリーダと皇女の不仲は社交界では有名だ。

ヴィステリオンの夜会にだけはどんなに招待しても姿を現さない、と聞いていたが。

「気まぐれか、嫌がらせか。皇女が来る夜会では警戒をしておきたい」

カノンとルーカスが婚約してから不気味なほどに皇女は大人しい。

夜会で会えばいつも友好的で毒気を抜かれてしまう。

「いっそ暴れてくれればいいんだが、な……」

数か月前、ルーカスとカノンの周囲ではひと騒動あった。

ラオ家の嫡子、セネカ・ラオが東部の領土で解いてはならない古代の封印を解いて、疫病――というには多少語弊があるが――を流行《はや》らせ多くの領民を死に追いやった。

結果として古代の魔物を滅ぼすことはできたものの、セネカは命を落とし、彼の罪を贖《あがな》うためにラオ家は私財を投げうった。

さらに古代の魔物を封じていた大量の『黒鉱石』という魔石がどこに行ったのかはわからない。黒鉱石は鍛えれば強力な武器になる。もしそれがどこかで武器にされて襲いかかってこられたら——大量の喪失は皇宮としては非常に頭が痛い——。

セネカは皇女の名前を出して死んだ。

彼女に唆《そそのか》されて黒鉱石を運び出した、すべて彼女の元にある、——と。

だが死人の口は閉ざされ、証拠も一切存在しない。

「黒鉱石はどうせ皇女がどこかに隠し持っている。俺への嫌がらせのためにな」

「鍛えもせずに、ですか？」

「皇宮の許可なく黒鉱石で武器を鍛えれば重罪だ。——皇女に阿《おもね》って皇帝の敵になりたがる馬鹿は、現時点ではそう多くない——敵国に売るのはいいが、これも売れば皇女といえど縛り首だ。叔母もさすがに命は惜しいだろう」

「皇女殿下が関わっていると確信があるんですね？」

「あるな——皇女の趣味は俺への嫌がらせだ。生き甲斐《がい》と言い換えてもいい」

皇女の人となりを未だにカノンにはよくつかめない。

朗らかで楽しい人だ——と社交界では評判だが、カノンへの視線には冷ややかなものを感じるので、すすんで楽しく会話をしたいとは思わない。

ましてや人の命を操って笑っているような残虐な人だ。しかし、かと思えば奉仕活動に熱心で、平民からの人気も高く、生《な》さぬ仲の皇太后への愛情は本物のように見える。

気まぐれと言えば聞こえがいいのだろうが、彼女の心も行動もひどくあやふやで不安定だ。

「皇女殿下は何を考えているのでしょうか……ルカ様と対立しても殿下には得が無いように思いますが」

「考えても無駄だ。ヴァレリアは退屈するのが嫌いで、その退屈を埋めるために何でもする。善悪は気にしない。あれの判断基準は楽しいかどうかだけ……」

とルーカスはため息をついた。

「あの情熱をどこか別の方向へ生かせばよいものを――。俺が反撃しないと高《たか》を括《くく》っているのが、腹が立つ。さすがにヴィステリオンの屋敷で何かすることはないだろうが」

ルーカスの眉間の皺が深くなるので、カノンは苦笑して話題を変えた。

「今日の夜会はヴィステリオン侯爵邸で開催されるので楽しみにしていたんです」

「そうか？」

トゥーランの侯爵家の中でも今もっとも権勢を誇る――といえばヴィステリオン家だろう。

初代皇帝の腹心だった初代ヴィステリオン侯爵は、皇国の勝利のために妻との間に生まれた初子を捧《ささ》げた、という血なまぐさい伝説がある。

勝利のために捧げた子への贖いゆえに侯爵家を継ぐのは性別、正嫡にかかわらず「初子でなければならない」という変わった決まりのある家でもある。建国時代からの大貴族だから皇都にある屋敷――というより城に近いが――も歴史的な遺物で見事だった。

「今日はゆっくり見て回れないでしょうが、いつかゆっくり見学してみたいものです」

「フリーダに頼むといい。喜ぶだろう」

「ヴィステリオン侯爵が苦手ですか？　侯爵の話題になると眉間に皺が寄りますけれど」

当代のヴィステリオン侯爵は苛烈な性格で有名だが、話せば楽しい人でもある。カノンにとっては好ましい人だ。

「口うるさいからな――子供の頃、一時期あの家に預けられていたせいで、どうも俺とシュートを同列に扱うフシがある」

皇帝の父母が亡くなって後、ルーカスはその身の保護もかねて皇宮ではなくヴィステリオン侯爵家に数か月いた時期があった、と聞いた。

「ヴィステリオン侯爵はご兄弟がたくさんだと……賑《にぎ》やかな暮らしだったんでしょうね」

「うるさいだけだ。半日でうんざりするぞ。――フリーダに朝から晩まで口うるさく叱られるし、俺は思い出したくもない」

暇な時間があれば図書館でぼんやりしているような人だ。がやがやとうるさいのは苦手なのは昔からなのだろう。

「ルカ様がどんな子供だったのか、フリーダ卿に聞いてみます」

「今とさして変わらん」

　それはそれで面白い子供だったのではないだろうか。

　和やかに話すうちに侯爵家に到着し、カノンと皇帝はあっという間にヴィステリオン侯爵はじめ大勢の貴族たちに囲まれた。

　以前に比べればましになっただろうがカノンは人見知りする。頬が引き攣っていませんように、と念じながら応対していると音楽が鳴り始めた。フリーダがカノンを促す。

「どうぞお二人の仲の良さを今宵の参加者に見せつけてくださいませ」

　フリーダに促されるままカノンは冷や汗をかきながらルーカスの手を取った。

　カノンはダンスは得手ではない。――が、皇帝の相手が、ダンスが下手《へた》では格好がつかない。

　手を合わせて見つめ合って、ルーカスが動き出すのに合わせて足を滑らせていく。

「そういえばラウルが絶賛していたぞ。カノンは耳がいいのでダンスの上達が早いと」

　ラウルはカノンのすることはすべて褒めてくれるので評価はあてにならないが――、この数か月足が痛いと泣きながら練習したせいか、多少は踊れるようになった気がする。

「ルカ様のリードが上手《じょうず》だから」

「お褒めにあずかり、光栄――。気にするな。こんなものは余興だ」

「そうは言いますけれど、やっぱりがっかりしませんか？　ルカ様に憧《あこが》れるご令嬢は多いのに。その相手が陛下の足ばっかり踏んでいたら。私がこのホールでその場面を見ているご令嬢だったら、がっかりすると思います」

ルーカスが小さくふきだした。

偽装恋人を始めたばかりの頃、カノンが夜会のたびに、踵でルーカスの足をよく踏んでいたのを思い出したのだろう。

「てっきり、あれはわざとかと……」

「そこまで性格悪くはありません！」

「どうかな。それでなくても君はよく怒っていたから。意趣返しかと耐えていた」

「我慢していたんですか？」

「痛くて泣きそうだったんだ、実は」

真面目くさった顔で告げられ、今度はカノンがふきだす番だった。

「嘘《うそ》ばっかり……！」

喋りながら踊っていたせいで、一曲はあっという間に終わる。

ルーカスは上機嫌でカノンの手を引いてフリーダのところまで戻ってきた。

「仲がよろしくて結構なことでございます、陛下」

ヴィステリオン侯爵は満面の笑みで二人を迎えた。

「侯爵の顔を立てて踊ったが、今日はもう俺は踊らんぞ？」

「それは残念です。伯爵の美しい姿を目に留めたい者も多いでしょうに」

「ありがとう、ヴィステリオン侯爵」

挨拶を終えるとルーカスはフリーダに連れ出され、カノンは後見人として付き添ってくれたミアシャと護衛のシュートと三人になる。

すこし風にあたろうかと出た半円形状のテラスで、ヒソヒソ声が聞こえてくる。

さほど離れていない、隣のテラスに集まったご令嬢の噂話のようだ。死角になっているせいかカノンには気づいていないようだ。

「――ねえ、聞いた？　カノン様の後見はラオ侯爵家なのですって……」

「皇妃候補だった方の家を後見にするの？　ご自分の幸せを見せつけて悦に入っているのよ、悪趣味ね」

「落ち目の侯爵家以外に後見の申し出がなかったのよ！　――伯爵家の娘なんて陛下もすぐに飽きるのではない？　それにあの方、たいして綺麗じゃないし、ダンスだって下手よね」

直球の悪口にカノンはうっと胸を押さえた。

「ダンス……、上達したと思ったのに……」

眼前のラオ侯爵――ミアシャが笑った。

「上手だったわよ。あれは負け惜しみ……落ち目の侯爵からのグラスですけれど、いかがかしら、カノン様」

「ありがとう、いただくわ」

「隣の子たちに好き放題言われているけど止めないの？　顔を出して手を振ったら蜘蛛《くも》の子を散らすようにして逃げていくわよ、きっと」

　カノンはうーん、と唸った。

「ルカ様と一緒の時には言われない素直な批評だもの。ありがたく聞いておくわ。ダンスの練習しよう……」

「ほどほどにね」

「で、あのダンスがうまそうで、素晴らしく可愛《かわい》い金髪のご令嬢はどこの方？」

　別の話題に移ったらしい少女たちは楽しげに噂話を続けている。三人組の一番目立つ少女にカノンが視線を留めると、ミアシャは「お目が高い」とおどけた。

「金色の髪に見覚えがないかしら？　彼女はディアドラ侯爵閣下の従妹《いとこ》、マイラ様よ」

「ディアドラ！　……な、懐かしい名前を聞いたわ……」

　決して聞きたい家名ではないが。

　カノンの婚約者だったディアドラ侯爵、彼の従妹だという。

　口の悪いマイラは、見たところカノンよりも年下だろう。

「カノンが所詮《しょせん》は従兄のオスカー様に婚約破棄をされた女だ、という嘲《あざけ》りがあるのかも。それならば自分が皇妃になりたかった――、とかね」

　皇帝の妻になるにはマイラは年が離れすぎているが、皇族の結婚なら珍しいことではない。

少女たちの噂話は二転、三転してまたマイラがカノンの悪口を並べ始める。

「どうせ伯爵家の娘を選ぶならばあんな地味な方ではなく、シャーロット様を選べばよかったのに！　シャーロット様は皇女殿下も優雅だって褒めていらしたし……」

オスカーに輪をかけて懐かしく聞きたくない名前にカノンは呻いた。

異母妹シャーロットはディアドラ侯爵オスカーと婚約しているからマイラから名前が出てもおかしくはないのだが。

「懐かしい名前を聞いて、気分が悪くなったりしない？」

「動悸《どうき》がするのは仕方ないわよね……」

ミアシャとカノンは小声で会話を交わす。

異母妹と最後に会ったのはいつだったか。

婚約パーティーをするから、と勝ち誇ったように挨拶に来た時。その後皇帝の恋人になったカノン（と言っても、あの時は恋人関係の偽装でしかなかったのだが）を殺しに来た時。――どちらにしてもろくでもない記憶だ。

あれから一年以上、義妹とは会ってもいないし、今後も会うつもりはないが、動向は気になる。

一時期、シャーロットは皇女の近くにいた。

皇女の推薦でルーカスの側に近づこうとしていたフシがある。

――マイラが「シャーロットの方がルーカスにふさわしい」と評価したのはその当時を思い出してだろうか。それとも、ここ最近、そう思うような機会があったのか――。

シャーロットが今もなお皇女と親しくしているなら面倒そうだ。

「マイラ嬢は皇女殿下に心酔しているみたいね。魅力的な方だから仕方ないけれど――以前、別の夜会で楽しそうに会話しているのを見かけたことがあるわ」

皇女は社交界の若い女性たちからも支持が篤《あつ》い。

そんな皇女を伯爵家出身のくせに虐《いじ》める（ように見えている）カノンへの敵愾心《てきがいしん》がマイラにはあるのかもしれない。

カノンの存在には気づかないままマイラはなおもうっとりとした口調で続ける。

「シャーロット様は綺麗で優しくて。それにね、魔力もとびきり強いのよ！」

我が事のようにマイラが胸を張って自慢した。

シャーロットの魔力が強いのは仕方ない。

この世界はカノンが前世でプレイしていた「虹色《にじいろ》プリンセス」と同じだ。

そしてヒロインはカノンの異母妹、シャーロット。彼女が「七つの大罪」を背負った攻略対象たちの苦しみを癒《いや》すゲームだ。彼女には神の思《おぼ》し召《め》しなのか強い魔力が付与されている。

「タイトルは爽《さわ》やかだけど、全然爽やかじゃないのよね、あのゲーム……」

攻略対象の背負うものが「大罪」なせいなのか分岐を間違えた場合の結末は容赦ない。

シャーロットが彼らの苦しみを癒せずに失敗した場合、皇国は彼らの業に引きずられて滅びに向かってひた走るし、シャーロットがどのルートを選んでも彼女の最初の障害たる「悪役令嬢にして異母姉のカノン」は攻略対象に殺される。

そもそも、カノンが皇宮に来たのは当時オスカールートに進みつつあった異母妹シャーロットと婚約者オスカーから離れるためだった。

無責任にカノンを悪く言い続けるマイラを苦笑しつつ見ながら、カノンはぼやいた。

「そもそもオスカールートだと、私、今頃は伯爵家の庭に埋められていたよね……」

憎いとはいえ夫に殺された姉の遺体が実家で眠っている状況——あの世界のシャーロットは果たして幸せだったんだろうか？　とはカノンには甚だ疑問ではある。

紆余曲折あったものの、オスカーとシャーロットは婚約してもう一年半。

そろそろ侯爵が結婚した、という報告があってもいい頃だろう。

二人の幸せを遠くから祈っているわと無責任に思っていると——。

「何を庭に埋めるのです、カノン様？」

遠い目をしていると、爽やかな声で名前を呼ばれてカノンは振り返った。

「ロシェ・クルガ。あなたも呼ばれていたの？」

振り返ると、予測通り乳白色の美しい髪と水色の目をした神官がいた。

色欲の業を持つ美貌《びぼう》の神官、ロシェ・クルガだ。

「はい。侯爵閣下のご夫君とは本の収集で趣味を同じくしておりまして。その関係でお招きを受けました。――ついそこでパージル伯爵とお会いしたので一緒にご挨拶を、と」

「レヴィ！」

ロシエ・クルガの背後にいたのは義弟だった。

ひょっこりと顔を出したレヴィナスは屈託なく微笑む。

夢見が――よりにもよってレヴィナスに監禁される悪夢を見たのだ――悪かったことを思い出して、ひやりとしたカノンとは対照的に、レヴィナスは明るい表情でカノンの手を取った。

「ご機嫌うるわしく、義姉上」

「半月くらい会えなかったのでは？　忙しいの？」

レヴィナスはカノンの実父グレアムからつい先月正式に伯爵位を譲られた。その関係もあるだろうがずいぶん多忙のようだ。

「忙しいのは僕よりも義姉上ですよ。久々に会えて嬉《うれ》しいです。――本当は神官とは別に挨拶に来たかったのですが、どうしてもタイミングが合わなくて」

「ずいぶんな言いようですね、パージル伯爵」

レヴィナスとロシエ・クルガは元々仲がよろしくない。それでも一緒にいるということは、表面上はカノンのために親しく振る舞ってくれているのだろう。

彼らもまたオスカーやルーカスと同じくゲームの攻略対象だ。

傲慢《ごうまん》のオスカー、嫉妬のレヴィナス、色欲のロシェ・クルガ、怠惰のベイリュート、暴食のキシュケそれから憤怒の業を持つ皇帝ルーカス。

強欲の傭兵《ようへい》王には会ったことがないが、多分、彼はもう出てこないのだろう。

ともかく、傭兵王と、シャーロットに攻略されたオスカーを除いた他の五人の攻略対象とは、友好関係を築けているはずだ。

カノンにはシャーロットのように高い魔力はないけれど、なんとか危地を切り抜けて、これからは命の心配をすることはなく生きていけるのだと――そう願いたい。

「義姉上はここで何をなさっていたのです？　陛下がお待ちでしょうから、そろそろホールに戻られませんか？」

「少し涼んでいたの……」

盗み聞きを白状するわけにもいかずカノンは言葉を濁す。視界の端に隣のテラスにいたご令嬢三人がこそこそと場所を移そうとしているのが見えた。

「おや、マイラ嬢」

逃げようとする背中にレヴィナスが声をかける。

金髪の少女は肩をふるわせてぎこちなくこちらを振り返った。

「……ッ。こ、これはパージル伯爵！」

「ごきげんよう、マイラ嬢。よろしければこちらに来られませんか？　義姉もおりますし」

「も、申し訳ありません、約束がありますので――」

「シャント伯爵とご一緒するなど……恐れ多いことです」

少女たちは蒼褪《あおざ》めて首を振る。

金髪の少女、マイラと視線がばっちり合ってしまったカノンはとりあえず敵意はない、と示すためににっこり微笑んでみたのだが、少女は泣きそうな顔をして走り去ってしまう。

そういえば私は悪役顔だったのだわ……と久々に思い出して視線を彷徨《さまよ》わせる。友好的に微笑んだだけなのに怖がられてしまった……。

「――悪口は密室で言わなきゃ。慎みがないなあ」

密室での悪事が得意そうなロシェ・クルガが言うと妙に説得力がある。

二人ともマイラたちの悪口が途中から聞こえていたらしい。

「どこから聞いていたの？」

「僕もついさっき来ましたので。シャーロットの魔力が強い、のくだりからですか」

さらりと妹の名前を口にしたレヴィナスが手を差し出してきたので、カノンはミアシャたちに断って二人でホールに戻る。

パージル伯爵になる時レヴィナスはシャーロットに会ったはずだ。

とっくにパージル家の財産を放棄してレヴィナスに譲ったカノンと違って、シャーロットには家督を継ぐ権利があるから――。

「皇都にいるマイラ様が親しい様子で名前を呼ぶということは、シャーロットは今までも何度か皇都に来ているのね」

「ええ。ご不快かなと思ってお耳には入れませんでしたが……」

正式な追放ではないから、シャーロットがどこにいても止める権利はカノンには無い。

「不快ではないわ。でも、オスカーとシャーロットが結婚した、という報告がいつまでも聞こえてこないのは心配よ。シャーロットの性格ならば、大々的に結婚式をやりそうなのに」

ああ、とレヴィナスは笑った。

「どうしても皇帝陛下の結婚に話題は取られますからね。シャーロットは自分が主役になって注目を浴びたいでしょうから。しばらく時間を置くんじゃないのかな」

そういうものだろうか。少しでも早く愛する人と婚姻したいとか、手を伸ばさないと幸せが逃げていきそうだ、とかそういう不安を抱いたりしないのか。

シャーロットは生まれてからずっと無条件で愛されてきた子供だから、そういう類の焦燥とは無縁なのかもしれない。

レヴィナスが言いにくそうに切り出した。

「実はシャーロットが一度、義姉上に会いたいと言っているのですが……」

「シャーロットが？　私に？　何のために？」

碌《ろく》な予感がしない。

「手紙が来ました。皇妃になる義姉上から結婚の祝福を受けなければ、ディアドラ侯爵の一門から祝福を受けづらい、と。祝福してほしいのだ、と——断るつもりではいますが、直接連絡があるかもしれません……」

内容が殊勝に謝ってくるとかではなさそうなので、かえって安心してしまう。

「考えておくわ。彼女が侯爵夫人になったら、どこかで顔は合わせるんでしょうから」

父とも妹とも結局は仲を修復できないままだったな、と苦笑しつつカノンは義弟を見つめた。

パージルの一門でカノンを思いやってくれるのはレヴィナスだけだ。

それなのに、義弟から殺される夢を見てしまうなんて。申し訳ないにもほどがある。

「レヴィナスは……」

「はい」

カノンは問いかけを声に出してから少しだけ後悔した。

律儀な義弟の回答は分かりきっているのに。答えが決められた質問ほど愚かなことはない。

「私の婚約を祝福してくれる？」

「もちろんですよ」

レヴィナスは間髪入れずに答えた。

「義姉上が出世すれば僕にとっても得ですしね。心から祝っています」

おどけて片目を瞑《つむ》ってみせる。

「ふふ、そうだよね」

「しかし……陛下は敵も多いし、共に歩む道は大変でしょう。義姉上がしなくてもいい苦労があるなら避けるべき、とも心から思っています」

カノンはルーカスの手を思い出した。

手袋を外して有事にそなえ、夜会の間ですら警戒している。

息の休まる時間がない人だ。平穏は難しいのね、とこっそりため息をつくとホールがざわついてきた。

「皇女殿下だわ……」

「珍しいわね、ヴィステリオン侯爵とは険悪なのに、夜会においでになるなんて」

カノンが視線を向けると、深い青のドレスに身を包んだ皇女ヴァレリアがそこにいた。

彼女を中心として忽《たちま》ちできた人垣に笑顔を振りまいている。

カノンに気づいた皇女は微笑みながらゆっくりとした足取りで近づいてきた。

「今夜も美しく装っているのね。カノン・エッカルト。翡翠はあなたによく似合うわ」

「ありがとうございます。皇女殿下にもご機嫌うるわしく」

「パージル伯爵も久しぶりね。姉弟仲がよくて結構なこと」

口調だけ聞けばまるで親しい友のようだ。

「珍しくあなたとルカが踊ったのですってね。ぜひ見たかったわ」

「皇女殿下にお見せできる腕前ではありません。殿下はダンスの名手でいらっしゃるから」

「腕前はたいした問題ではないわ。幸せな若い二人を見るのはよいことよ」

笑顔がひたすら怖い、と思いながらカノンも微笑み返す。

ヴァレリアに会うといつも新鮮な気持ちになる。

彼女の気分次第で彼女から受ける印象がまるで違うからだ。ある時は敵意を全力で向けられるし、ある時は猫なで声で褒められ、まるで旧知の友であるかのように錯覚する。

今夜のヴァレリアはひどく機嫌がよいようだった。

「あらためて婚約の祝いを贈るわ。なにがよいかしら？」

「そんな。恐れ多い……」

何をもらっても毒が仕込んであるのでは、とか呪いがかけられているんじゃないか、とか無駄な心配をしてしまうので、正直なところ何も欲しくない。祝いの言葉だけで済ませてほしい。

引き攣った笑顔でカノンがヴァレリアの応対をしていると、ヴィステリオン侯爵フリーダがやってきた。ヴァレリアは楽しげに目を細め左手を動かした。

ぱしん、と軽快な音がして扇子《せんす》が閉じられる。

「こんばんは。良い夜ね、フリーダ」

「お待ちしておりましたよ、皇女殿下。――まさか本当に拙宅においでくださるとは思いませんでした」

「私の可愛いお友達があなたの夜会に行きたい、というのだもの。ついてきてしまったわ」

険悪な間柄だと聞いたが二人の会話は和やかに続く。

「その可愛いお友達はどちらに？　今日はどなたがエスコート役なのです」

皇女のような身分の高い女性が夜会に来る場合、大抵貴族の男性がエスコートする。

皇女も誰かと来たはずだが、彼女は今は一人だった。ふふ、と可憐《かれん》そのものの笑顔でヴァレリアは小首を傾《かし》げた。

三十の半ばをとうに越えたとは思えない透明な美しさだ。

ヴァレリアの回答にカノンはうっかり「えっ」と声をあげそうになった。

カノンの動揺を視界に収めながら、皇女は笑みを深くした。

「ディアドラ侯爵――」

「オスカーを誘ったのだけど、なぜか彼は夜会には行かないというのよ。だから彼の従兄をさそったの……どこにいるのかしら――」

フリーダはそうですか、とにこやかに受けた。

「ディアドラ侯爵は病気療養中と聞きますので夜会は気が重いのでしょう。もっと早く言ってくだされば、我が家門の者を迎えにやりましたのに。そこにいる弟など。如何様《いかよう》にもお使いください」

「ありがとう、フリーダ。けれどシュートは皇帝陛下の護衛で忙しいでしょう？」

「皇女殿下をお守りすることは、ひいては陛下をお守りすることになりますから」

それは護衛ではなく、監視では？　とカノンはハラハラしつつ女性二人を見守った。

いつの間にかカノンの隣に来ていたシュートが「心臓に悪い……」とぼやいて胸を押さえた。

カノンはヴァレリアに聞こえないよう、小声でシュートに問いかける。

「姉君と皇女殿下は仲がよろしいと聞いたけど……」

「年齢も近いので、お互いへの想いが深うございますね……積年の……」

うらみ、と最後までは声にせず、シュートは腕を擦《さす》りながら声を潜《ひそ》めた。

「皇女殿下が幼い頃、皇女殿下は『魅了』の異能をお持ちでした」

「『魅了』？」

「有《あ》り体《てい》に言えば洗脳ですね。あのお美しい赤い瞳で人をじっと見つめれば――大抵の者は皇女殿下の命じるままに行動して、願いを聞いてしまう……」

悪辣すぎる。カノンが言葉を失っていると、シュートはご安心を、と苦笑した。

「十を過ぎる頃には失われてしまったようです」

子供の頃しか異能がない、というのもたまに聞く話だ。

「ですが、子供の頃、姉はその力のせいで皇女殿下から仲の良い友人をとられたり、嫌がらせをされたり……まあ、色々とあったようです」

ヴィステリオン家のフリーダは昔から皇帝第一、忠義の人と聞く。

たびたびルーカスを（確証はないとはいえ）危険に晒す皇女は大敵なのだろうと思っていたが、――個人的な恨みもあるらしい。

「皇女殿下の場合は魅了の力などなくても――見つめるだけで従う貴族は数多《あまた》存在するでしょうが」

カノンが同意したところでルーカスが戻って来た。

「遅い登場ですね、叔母上」

ルーカスが現れたせいで、こちらを遠巻きに観察している貴族たちの視線にも緊張感が高まるのを感じる。

「音楽を」

フリーダが合図すると、楽団が賑やかな音楽を奏で始め、若い貴族たちは皇族二人を気にしながらも思い思いにダンスに興じ始めた。

音楽のせいで、近くにいる者以外には二人の会話は聞こえなくなっただろう。

「伏せっていたと聞いたが元気そうだな、叔母上。具合はもういいのか」

「ええ、すっかり」

「俺の再三の呼び出しにも応じなかったからよほど症状が重篤なのかと思っていた。――そろそろ医者を送ろうか、と案じていたところだ」

にこやかに微笑むルーカスにヴァレリアは目を伏せた。

「不義理をお詫《わ》び申し上げますわ、陛下。――季節ごとの不調が年々重くなるものです」

「それはよくない。いっそ気候のいい東部あたりの別荘でよく養生してはどうか。あそこは何もなくていいぞ。――余計な考え事をせずに済む」

あわよくば追放してやろうか、という甥《おい》の親切な言葉は微笑みだけで流された。

「それで？　体調の悪さにめげずに夜会に来たわけは？」

「ずいぶんね、ルカ。可愛い甥っ子に会いたかったから――とは思ってくれないの？」

「あなたの愛想がいい時は、碌なことがない。さっさと目的を教えてくれ」

くすり、とヴァレリアは微笑んだ。

「コーンウォル卿からお願いをされたのよ」

ルーカスの背後でフリーダの表情が固まる。

コーンウォル卿ジュダルはルーカスの叔父で、現在生きている直系皇族四名のうちの最後の一人。

十年ほど前にはルーカスと玉座を争った人物だ。

今現在もルーカスの暗殺を図った疑いで軟禁されている。

第一皇位継承者は処刑してはならない、という法律が無ければルーカスは確実に彼を処刑しただろうと評される。

――公で口にしていい名前ではない。

「あなたになんと言って泣きついた？」

顔を引き攣らせている周囲の面々とは対照的にルーカスはさらりと尋ねる。

「ここ最近ずっと体調が悪いから助けてほしいと手紙に切々と書いてきたわ。仕方ないわよね。ずっと屋敷にとじこめられて、月に一度の礼拝以外は外出もままならず。その日以外は私にも面会できないのよ。気持ちが塞ぐのも仕方がないこと。あなたがコーンウォルを嫌うのはしかたないとしても……、皇宮にもめでたいことが続くのですもの。そろそろ疑いを解いてあげて。彼に恩赦を」

勝手なことを、と鋭く舌打ちしたフリーダを、カノンの隣にいたシュートがはらはらとしながら見ている。

「こんな場所であの方の名前を出すとは……！　姉が暴れ出さなきゃいいんですけど」

止めに行った方がいいだろうかと悩んでいるようだ。

カノンもひやりとしつつルーカスを窺う。皇帝はちらりとカノンを見て、それから皇女に向けてくすりと笑った。

「恩赦というのは刑罰を消滅させるか……もしくは軽減させることだ。恩赦を請う、とは、コーンウォルはようやく己の罪を認めたのか？」

「言葉のあやですわ、陛下。——ジュダルは冤罪《えんざい》だと昔からずっと主張しているじゃない。我らは家族。あの頃の真実がどこにあるかではなく、恩情をお願いしているのよ」

「恩情ね。息をしていることを恩情と認識せよとジュダルに伝えろ。あらゆる罪を認めてすべての権利と家名を放棄するのであれば平民として自由に生きる機会を与えてやると――それができないなら、今の状況を楽しむといい」

「冷たいのね、ルカ」

俯いて悲しげな顔はきっと皇都で一番の女優よりも美しい。

何を言っているかまではわからないにしろ、貴族たちは不仲な叔母と甥を観察している。

二人がなにやら不穏な口論をしているように見えるだろう。

「ねえ、カノン・エッカルト。あなたも弟がいるのだから私の気持ちはわかるでしょう？」

いきなり話題を振られ、カノンは反射的にレヴィナスを見た。

「あなたの弟が気の迷いで道を踏み外したとして、あなたはあっさりと弟を見放すのかしら？」

レヴィナスが困ったようにカノンから視線を逸《そ》らす。

「皇女殿下。弟は道を踏み外しませんし、私も弟も皇国の法に従うまでです」

くすり、となぜか楽しげに皇女は微笑む。

「あなたも薄情だわ。あなたなら私の気持ちに寄り添ってルカに口添えしてくれると思ったのに」

「――我らの諍《いさか》いにカノン・エッカルトを巻き込むな」

呆れ声のルーカスに皇女は悲壮な表情で、なおも反論した。

「家族になる相手に援護を期待するのは当然のことよ。……ああ、ルカはカノン・エッカルトに遠慮しているのね？　――誰にも心を許せないあなたらしいわ」

皇帝は軽く手を振った。

「話したいのが叔父のことだけならこの会話は終わりだ。――相変わらずお互いにとって、無益な時間だったな」

「可哀そうな弟に、陛下の無情を伝えますわ」

皇女の表情は悲痛そのもので、美しい。カノンが男ならその表情と声を浴びせられただけで罪悪感でつぶれそうになるところだが、ルーカスは平然としている。

「議題に挙げたいなら手順を踏んでくれ。あなたに理解ができるならな」

「国のことならそうでしょうね。私は家族としてあなたに相談しているのよ」

「家族ではない。血縁のある他人だ」

ため息をついた皇女は優雅に一礼すると、背を向けて人の波に紛れていく。

その背中を睨みつつフリーダが憤慨している。

「無礼な発言を撤回もせず、夜会に居座るつもりかっ……！　厚かましいっ……」

「姉上、姉上……お客様が見ていますよ、落ち着いて……」

怒りで顔から湯気を出しそうな姉をシュートがなだめている。

「皇女殿下はあっさり引き下がりましたね？」

カノンがルーカスに近づいて尋ねると、皇帝はやれやれとため息をついた。

「俺に何を言っても無駄なことはわかり切っているだろうからな。夜会に参加して、貴族の前で相変わらずの我らの不仲を見せたかっただけだろう。何が目的なのかは知らんが……とがめればどうせ被害者ぶって聖職者に泣きつく……放っておけ」

コーンウォル卿はこのままでよいのですか、とカノンは聞きたかったが言葉を呑《の》んだ。

シュートもラウルもコーンウォルの話をしないし、ルーカスも口にしたがらない。

それを無理に問いただす勇気がカノンには未だに持てないでいる。

（――誰にも心を許せないあなたらしいわ）

皇女はその言葉をルーカスにではなく、カノンに投げつけに来たのかもしれない。

だとしたら成功だ。先ほどまでの幸せなふわふわとした気分は吹き飛び皇女の言葉がとげのように胸に刺さってしまった。

「皇女に何か言われたか？」

「ええ。婚約祝いに何か贈ろうかと聞かれました」

「呪いの品でも送ってきそうだな……」

ルーカスのぼやきがカノンと全く同じ感想だったので、苦笑せざるを得ない。

「パージル伯爵も来ていたのか、久しぶりだな」

レヴィナスが恐縮して頭《こうべ》を垂れる。

「ご挨拶が遅れました、陛下――」

「堅苦しい挨拶はいい。カノンとも久々に会ったのだろう。楽しめ」

はい、とレヴィナスは微笑んだ。

「最近も君は忙しくしているとか？」

「はい。真似《まね》事ですが貿易などにも関わっています。――珍しいものを扱うこともございますので、陛下にも何か贈らせていただいてもよろしいでしょうか」

ルーカスはしばし沈黙して逡巡《しゅんじゅん》する。

「婚約祝いはもう充分もらったが……そうだな、カノンには欲しいものを直接聞け。俺は――黒鉱石の剣でも」

レヴィナスは一瞬固まったが、ルーカスは気にせずに微笑んだ。

皇帝はそのまま、ヴィステリオン侯爵と何やら話し始めた。会場に残った皇女の護衛……というより監視だが……について話し合っているのかもしれない。

「義姉上、僕たちも踊りませんか？」

レヴィナスが気を使って手を差し出してくれる。

「ええ」

カノンは微笑んで弟の手を取った。

「コーンウォル卿の体調が悪い、というのは本当のようですよ」

「え？」

顔を上げたカノンにレヴィナスが優しく微笑む。

「ここ最近、コーンウォル卿について、ずっと気にしていたでしょう？」

「──そうね。陛下にどんな方か聞くわけにもいかないし……」

「どういう状況なのか、こっそり調べます。……最近は月に一度の礼拝にも体調が悪い、と顔を出さないこともあるとか……」

レヴィナスの肩越し、ルーカスが何やらフリーダと話をしているのが見える。

侯爵は難しい顔で皇帝に何事かを訴え、皇帝はいつものように澄ました顔でそれに淡々と答えているのだろう。

フリーダとするような政治の話を、ルーカスはカノンに打ち明けてくれるだろうか？

「知る必要はない」と断じてカノンのあずかり知らぬうちにすべてを解決しそうな気はする。

──すべてを知りたいわけではないが、一抹の寂しさを感じる。

「コーンウォル卿のことは、いつかルカ様が自分で話してくれるまで待つわ」

カノンはそう告げたがレヴィナスはいいえ、と首を振った。

「皇女殿下を通じて──探ってみましょう」

「え？」

「あの方は――義姉上の身内である僕に興味がおありのようだから。近づけば、コーンウォル卿の現状についても何か教えてくれるかもしれません」

レヴィナスは、ラオ家の一件に皇女が関わっていたと知らない。

危ないわ、と言うわけにもいかずカノンは沈黙するしかない。警告をカノンが口にする前に曲が終わり、レヴィナスの体温がそっと離れた。

「また、お知らせします」

レヴィナスは優しい笑みを浮かべつつ、カノンの手に口づけてくるりと踵を返す。

カノンはレヴィナスがホールの反対側へ歩いていくのを見守るしかなかった。

◆

「おや、伯爵殿！　麗しのお義姉様の相手はもういいのか？」

カノンと別れて一人でホールを歩いていると学友たちから声をかけられた。

レヴィナスが通う大学は皇都の一角にある。平民の生徒もいるが通う生徒は貴族が大半、というわけで今夜も見知った顔が幾つか顔を出していた。

「義姉上には陛下がついていらっしゃる。問題はないさ」

「それはそうだ」

レヴィナスはちらりと遠目に見えるカノンを見た。

綺麗な黒髪を背中に流していると実年齢よりも幼く見える。夜会ではルーカスに合わせて髪を結い上げていることの方が多いが、レヴィナスは今夜のカノンの装いが好きだった。

彼女の優しい人となりがよくわかる。

「シャント伯爵は見るたびに美しくなられるな」

「陛下からのご寵愛があついからだろう。パージル伯爵家も安泰でうらやましい限りだ」

カノンが何を言ったのか、皇帝が少しだけ笑ったのが見える。

「陛下も司書姫の前ではあんな風に柔らかい表情もなさるんだなあ」

レヴィナスには見慣れた――なぜならレヴィナスがルーカスと会うのはカノンがいる時ばかりだからだ――表情なので感慨はない。

「僕は義理の弟だから、あまり関係ない」

「何を言う。君がシャント伯爵のお気に入りなのは周知の事実じゃないか」

「そうだね、これからも伯爵と友好的な関係が続けられれば……と願うばかりだよ」

レヴィナスは肩を竦めて謙遜してみせた。

「しかし本当に司書姫はお美しい」

「パージル家のご令嬢と言えばシャーロット様ばかり有名だったのが嘘みたいだ」

友人の一人が感慨深げに言った。

伯爵家の長男で以前から社交界に出入りしている青年だ。

「長女のカノン・エッカルト様は陰気で、癇癪《かんしゃく》持ちで——容姿も秀でていないので社交界にはとても出てこれない……なんて噂もあったのに！　噂は当てにならないものだ」

「しかし、確かに以前は地味な……、失礼、質素な印象の方ではあったよ——」

「やはり陛下のご寵愛のせいだろう」

レヴィナスは否定しようとして、言葉を呑んだ。

「……そうだね。義姉上は美しくなられた」

そんなことはない。

ルーカスに出会うずっと以前からカノンは絶世ではないにしろ、充分綺麗な人だったが——、いや以前の方がずっとよかった、とレヴィナスは思う。

皆に気づかれるような美しさなど持たなくて良かったのに、と。

カノンが家を出るまでレヴィナスは特段カノンと親しくしていたわけではない。

両親が亡くなり、伯父のグレアムに引き取られ、十三の頃からは寮のある学校に通っていたし、伯爵家に帰省するのは長期休暇の時のみ。

その際もレヴィナスは時間の大半をグレアムやシャーロットと過ごしていたから、カノンとは没交渉だった。だが、自分と同じく孤独な雰囲気を身に纏っていたカノンが気にならなかったわけではない。

(伯父上、どうしてカノン様は一緒に食卓を囲まないのですか。どうしてシャーロットばかり可愛がるのですか、どうして――彼女を虐げてなお、あなた方は善良で幸せそうな顔をしているのですか――）

喉《のど》まで出かかったが、そんな質問はできなかった。

レヴィナスはグレアムの弟の子だ。彼の気まぐれで伯爵家に引き取られて教育と地位を与えられたにすぎない。

弟の子だから、という理由だけで自分を厚遇してくれた伯父には感謝しかなかった。

シャーロットだってそうだ。

太陽の加減で不思議な色合いに光を弾《はじ》くストロベリーブロンド。綺麗な青い瞳。初めて出会うシャーロットは快活で、話術に巧みで、好ましい少女だった。

そんな二人がカノンの前では表情を曇らせて、彼女を腫れ物のように扱う。

皇族だった母親の生まれを鼻にかけて傲慢に振る舞うから相手にするなとグレアムは言い、お義姉様は私を嫌って意地悪ばかりするのとシャーロットは泣いた。

屋敷に来たばかりの頃、「カノン様も一緒に食事をしたらどうでしょう？」とグレアムに提案したことがある。

伯爵は見たこともない恐ろしい顔でレヴィナスを叱責《しっせき》した。

（あの娘に取り込まれるような者は、伯爵家には不要だ！　追い出されたくなければ、二度と言うな！　――お前の父親は私に従順だった。お前もそうでなければならない）

頬を叩《たた》かれたレヴィナスは震えあがって頷くしかなかった。

――グレアムがレヴィナスを引き取ってくれたのは決して自分への愛情からではない。

グレアムに従順だった弟――レヴィナスの父の代替品として側に置きたいだけだ。

幼いレヴィナスは保身のためにカノンとは距離を置き、けれども彼女を気にかけるのは止められなかった。

グレアムやシャーロットは悪しざまに言うが、カノンは決して傲慢な娘ではなかった。

父親の理不尽にたびたび反論してはいたけれど、それは当然の主張だ。

――母イレーネの死後、家庭教師もつけず、それどころか侍女すら老いた老婆しか仕えさせない。そんな父親から身を守るために歯を食いしばって耐えているように見えた。

レヴィナスが彼女の立場なら、きっとグレアムの顔色を窺って媚《こ》びてばかりいただろう。

だが、カノンは家族に背を向けてはいたけれど、媚びるようなことはなかった。

自分の道を行くのだと決めて、顔を上げて颯爽《さっそう》と生きていた。

彼女が成人した日、レヴィナスはなけなしの勇気をふりしぼってガラスペンとインクを贈ることにした。さすがに成人の日にはグレアムもシャーロットも、オスカーもカノンに贈り物をすると思ったからだ。

贈ったのは街で購入した安物だ。緑がかった硝子《ガラス》がなんとなくカノンの瞳の色と被《かぶ》って綺麗だと思ったのだ。

ささやかな贈り物をカノンが喜んでくれたことが、レヴィナスには嬉しかった。

あと数年もすればレヴィナスは大学を卒業する。そうすれば伯爵位を継ぐにしろ、継がないにしろ伯父に頼らなくても暮らしていける。

そうなればカノンを辛い境遇から救い出せるかもしれない。

だが、その考えがいかに傲慢だったか、すぐに思い知らされることになった。

「皇宮で司書になる」

そう言い切った時は正気を失ったかと思ったが、彼女は誰にも頼らずに己で自分の行き先を決めて、自分で自分を救ってしまった。

――そして、今では皇帝の隣にいる。

レヴィナスはグラスの酒を呷《あお》る。

彼女が伯爵になってからもずっとガラスペンを大事に使ってくれているのを確認するたびに、レヴィナスは嬉しかったが、同時に――焦燥感にも苛《さいな》まれた。

あとどのくらい、彼女はあれを大事にしてくれるだろう。

皇帝が与える文物に比べればあんな安物はいつ捨てられてもおかしくない。

そして、自分自身も――。

カノンは決して口に出してレヴィナスを拒絶することはないだろうが、彼女の周囲には魅力的な人物が多い。

今は義弟だからと親しく付き合っているが、レヴィナスはいつ「不要」になるだろう？

流し込んだワインが、喉を焼く――。

「妬ましいな」

空になったグラス越しにカノンを、それから皇帝を見る。

一人で生きていけるカノン、レヴィナスの助けなど全く必要としない――義姉の高潔さと強さが妬ましかった。

「パージル伯爵はお酒に強いのね？」

涼やかな声に場がざわつき、レヴィナスは我に返って声の主に向き直り頭を下げた。

「ごきげんよう」

「月の美しい、よい夜です。皇女殿下」

「今宵の月の美しさも、あなたのお義姉様の前では霞むわ。あなたが来ると知っていたなら、エスコート役をあなたに頼めばよかったわね」

皇帝の叔母は嫣然《えんぜん》と微笑む。

「恐れ多いことです」

「あなたとは親戚《しんせき》になるのですもの、仲良くしたいわ」

突然の皇女の登場に友人の一人は固まり、一人はその美しさに見惚《みと》れている。

家族に、とは以前も皇女から言われた言葉だった。

レヴィナスは感情を殺して皇女に向き合う。

（私はあなたのお義姉様が心配なのよ？　皇族になれば、恐ろしいことばかり――優しいカノン・エッカルトには不向きな世界だわ。ルーカスと結ばれるよりも、あなたが守る方がずっと、いいと思わない……？）


だから、私たち仲良くしましょう――と。

カノンは、レヴィナスは皇女がラオ家に為した悪事を知らないと思っている。

だが実際はそうではない。皇女が企んでいることの一端をすでにレヴィナスは知っている。

皇女は黒鉱石で武器を作りたいと思っている。誰に作らせるか、選定中のはずだ。

レヴィナスは皇女の誘いに興味を持ち……、手を取ったフリをしている。

――黒鉱石がどこにあるか。誰に協力させて武器を作るつもりなのか、探るつもりでいた。

皇女の信頼を得て、それを知れれば、カノンは喜ぶはずだ。

踊りましょう、と誘われて喜んでと応じる。

音を操るがごとくの皇女のステップは軽やかで、どんな淑女よりも巧みだった。

彼女が翻《ひるがえ》るたびに、甘い香りが零れる。

「あなたのお義姉様は人気者だわ」

不意に話しかけられてレヴィナスは皇女の赤い美しい瞳に吸い寄せられた。

なぜか、くらりとするような感覚を覚えて軽く頭を振る。

皇女の肩越し、遠くに、カノンがミアシャや神官と談笑しているのが見える。

「――親しい人ができたようで、安心です」

「皆の注目の的よ。つい先日も、彼女の名前をどこかの集まりで聞いたわ――。皇帝が気を許す令嬢はどんな人物か興味津々《きょうみしんしん》。ルーカスに好意的な貴族も――そうでない者も」

踊り終えた皇女はそのままレヴィナスの手を離さず、壁際に誘った。

「カノンの馬車が襲われたそうね？」

「はい、幸い何事もなかったようですが――」

「同じことが、繰り返されるわ。カノン・エッカルトが死ぬまで」

皇女があまりに穏やかに言うのでレヴィナスは言葉を失った。

「それは、どういう――」

また、皇女の赤い瞳がレヴィナスを捕らえる。低い蠱惑《こわく》的な声が耳朶《じだ》を打つ。

「ふふ、一般論よ。甥には敵が多い。彼を悲しませるためならどんな手を使っても構わないと思う人間も未だにいるわ。――コーンウォルの親派も少なくない。心配ね？」

レヴィナスは目を伏せた。

「……皇女殿下、が、心配してくださるのは、ありがたいことです」

ズキリと痛む頭を押さえてレヴィナスは呟いた。

「……私はね、あなたの義姉上個人には恨みも興味も無いのよ。――ただ、ルカの側にいるのはふさわしくないと思うだけ……あなたも本当は、そう思っているんでしょう？」

「……そんなことは」

「彼女は優しい人だもの。もっと安全な場所にいるべきだと思うのではない？」

皇女の声が一段と低くなる。

「たとえば、あなたの隣とか――」

皇帝の側にカノンがいるのは困難が多い。

それはわかる。

――しかし、カノンにとってはそれが幸せで……。

レヴィナスは微笑む皇女と見つめ合った。

己は、何よりもこの美しい皇女がカノンを敵視しているのを危険だと感じている。

皇女がカノンに何をするつもりなのか――暴《あば》かなければ。

皇帝よりも先に……。そして彼女を危険から救い出さなければ……。

「私とあなたの望みは、一致すると思うのよ、レヴィナス・パージル」

「僕も……。そう思います、皇女殿下」

――白い手を取って口づける。

瞼《まぶた》の裏、義姉の面影を追いながら――。

◆

「皇妃になる方が、まだ労働に勤《いそ》しむとは。陛下にお小言をもらいませんでしたか?」

ヴィステリオン家で夜会が行われた数日後。

皇宮図書館に顔を出すと、副館長のゾーイはティーカップを持つ手を止めて、ぼやいた。

「残念ながら、逆よ。陛下からはきっちり働けと怒られるわ。――あなたも私が来ないとすぐサボるんだもの!」

久々に化粧っ気のない顔で動きやすい服装で職場に顔を出すと、ゾーイは嘆き、その他の職員はもろ手をあげてカノンを歓迎する。

色々と業務が停滞していたらしい。

「休んでいた分を取り戻さなきゃ」

「私は老人ですからね、のんびりやらせてください」

ゾーイ子爵夫人はカノンが皇宮図書館の館長に就任する前は皇宮図書館の館長だった。

仕事にやる気があるタイプではなく、放置された皇宮図書館で館長としてのんびりと――本人曰く余生を――送っていたのだが、カノンが上司になってからはこき使われてしまって、計画していた余生と違う、と常にぼやいている。

「まずは伯爵もお茶でも」

　お茶が好きなゾーイはカノンにも東国産だという茶をふるまってくれた。

　カノンはありがたく、と受け取って香りの良い茶を飲み終えてから机に戻った。

「それでカノン様は何を忙しくされているのです？」

「初代皇帝の資料をあるだけ集めたいの。もう少しで資料が集まりそうなんだけど……」

　数か月前、カノンは東部で死にゆく魔物に約束した。

　――建国の英雄に付き従った「天馬」が実は魔物だったこと。その魔物を裏切ってラオ侯爵が天馬を殺したこと。それを書き記して帝国中に広く知らしめると。

「ラオ侯爵だけじゃなくて、初代皇帝がどんな人だったかがわかれば――」

　ラオ侯爵の周囲を調べていくと必然的に初代皇帝の資料も漁《あさ》ることになる。

　皇国全土を統一した人、銀色の髪と紅い瞳をした青年。

　それから、これはつい最近までカノンも知らなかったが古代人の血を引く人――。その絶大な魔力で大陸を統一してトゥーランを建国した。

「初代皇帝は伝承とは違ってずいぶん冷たい人だったみたいだけれど」

　何せ親友の相棒だった天馬を「英雄にはふさわしくない、封じろ」と情もなく命じるような人だ。もっとも為政者は大概そんなものかもしれない。利益を常に計算する……。

「吟遊詩人の歌集などを集めてみればいかがです？　英雄譚《たん》には事欠かない方でしょう」

「そうねえ。吟遊詩人の歌集は称賛が多いから。脚色された物語は数多存在するけど、実際の初代皇帝がどういう人だったのか、記した記録はあまりないのね……」

「貴族の日記は……亡くなった時に焼かれることが多いですからね。そうそう、――脚色された書物の報告で申し訳ないのですが、面白そうな魔術書が寄付されたのでした」

ゾーイが見せてくれたのは文庫サイズの本だった。黒い背表紙でページ数も多くはない。

「古代語で書かれた定型詩の歌集のようです」

決まった単語数で作られる四行の詩歌だ。

今では廃れたが、昔は恋人への手紙の最後に詩を書くのはトゥーラン貴族の嗜《たしな》みだった。

カノンは珍しいものを見つけたと、わくわくしつつページをめくった。

本がくるりと回って、とあるページで固まる。まるでここを見ろ、と言わんばかりだ。

『月の銀を地上に降らせ
光を紡《つむ》いで運命を編む
魂二つを並べて揺らし
互いの籠へ捩《ねじ》って戻せ』

「……愛の詩集ではないの？」

睦言《むつごと》というより、呪いの言葉のように感じる。詩自体もたいして上手いものではない――。

「こういう感じの定型詩が何十篇《ぺん》も載っています。私はあまり感じとれませんが。魔力があるでしょう？」

「……たしかに、残滓《ざんし》を感じる」

「何か言葉に効果が付与された魔術書だったのかもしれません。その写しなのかも。何せ、持ち主が面白いのでただの本ではないでしょうね……。裏表紙の消えかけた署名を復元したところ、真偽はともかく初代ディアドラ侯爵のお名前がありました」

「初代ディアドラ！」

ディアドラ侯爵も古くから続く家だ。当代のオスカーにはあまり魔法の素養はないようだが数代前までは高名な魔法使いとしても知られていた。

「伯爵にとってはあまり聞きたくない家名かもしれませんが」

「今更気にしないわ」

だが、なぜか最近よくその家名を耳にするので恐ろしい。――オスカーの業はシャーロットと結ばれたことで落ち着いて、もう発動しないと思ってはいるが……。

「……どんな魔法が付与されていたんでしょうか」

「全編、恋人や友人に贈った詩の記録――と見せかけて魔法の記録……なのかな？」

だとすると迂闊《うかつ》に詩を口にするのは危険だろうか？　いや、わざわざ本にしているということとはカノンが口にしたところで何も起こらないのか……。

ラオ家の魔術書はラオの直系の血液が発動条件だったから、血を与えるのではないにしろ、ディアドラ家の縁《ゆかり》の者が使うと効果が現れるのかもしれない……。

カノンが資料をあれこれ考察していると職員が、ロシェ・クルガが来たと知らせに来た。

「図書館まで来るなんて珍しいのね、ロシェ・クルガ」

カノンの専属を自称する神官は胸に手を当てて優雅に一礼する。

「太陽宮を訪ねたのですが。セシリアからカノン様はこちらだと教えていただきましたので。遊びに来てしまいました。何を熱心に読んでいらっしゃったのです？」

カノンの侍女見習いのセシリアは、ロシェ・クルガの縁者でもある。

「初代皇帝がどんな方だったのか知りたくて。伝承がないかなって探しているのだけど……。ラオ家にあったみたいな詳しい資料はないの」

「古い時代の魔術書はあまり現存していませんからね」

「初代ディアドラ侯爵の詩集は見つけたけれど」

ロシェ・クルガは物珍しそうにカノンから詩集を受け取った。

「恋の詩はないから、あなたの役に立たないかもよ？　ロシェ」

「色恋は私には無縁のものです」

相変わらず、この神官はさらりと嘘をつく。

「――少しお時間をいただいても？」

「いいわ。本を片付けるのを手伝ってくれたらね。ちょうどいい運動になるでしょ？　――人に聞かれたくない話もここなら口にできるし。……今日はどうしたの？」

「面白い話を聞いたのでお耳に入れておこうかと」

カノンは笑ってロシェ・クルガを執務室から連れ出した。古代語の棚の付近は人も少ない。

トゥーランに十三人しか存在しない聖官候補のロシェ・クルガだが「自分は未熟だから」と聖官になるのを固辞している。

よって現在の身分としては皇宮付き……さらに言えばカノン付きの神官なのだが最近は以前のように高位貴族たちに教えを説きに出かける機会も増えた。

高位貴族が主催する集まりで美しい声で神の教えを説く美貌の神官はご夫人や令嬢たちにたいそう人気があり、お喋り好きなご令嬢たちから聞いた噂をカノンに共有してくれる――。

「面白い話って？」

カノンが梯子《はしご》の一番下の面に腰掛けると、揺れて危ないですよ、とロシェ・クルガはにっこり笑って梯子を支えてくれた。

「皇女殿下を夜会に招いたのはディアドラ侯爵の御身内だったようですね。例の可愛らしいマイラ様の兄君だとか。――覚えていらっしゃいますか、マイラ様」

「オスカーの正直な従妹よね。忘れられないわよ。ダンスへの自信がさらに減ったもの」

その一緒に来たと言うマイラの兄君はあの夜、皇女の側にはいなかったわけだが。

「兄君は、皇帝に挨拶に向かう皇女殿下を見て逃げたのだそうですが――」

ずいぶん逃げ足が速い人だと感心してしまう。

「夜会の後、偶然その兄君と、とある貴族のサロンで知り合って意気投合しまして、皇女をエスコートするに至った経緯を聞いたのですが……」

カノンは目を丸くした。

「あなたは男性にも人気があるのね、ロシェ・クルガ」

「修行の賜物です」

どんな修行だ。

「どうやらマイラ嬢が皇女殿下に心酔しているようです。皇女殿下もマイラ嬢を可愛がって最近はよく連れ回しているようで。マイラ様の兄君は皇女殿下にエスコートを命じられるのは名誉だが、荷が重いとぼやいていましたよ。妹君の手前、断れずに困った、と」

「美しい皇女殿下に微笑まれて特別に構われたら舞い上がってしまうでしょうね。……ちなみに、皇女とマイラ嬢を引き合わせるという厄介なことをしたのは、誰?」

にこ、とロシェ・クルガが微笑んだ。

「パージル伯爵令嬢、シャーロット様だそうです」

カノンは思わず両耳を押さえた。

「……最近、よく聞く名前だわ。聞きたくないのにっ！」

「シャーロット様は以前、皇女殿下の侍女になるお話があったとか？」

「ええ、そう。話は立ち消えになったし、二人の交流が今も続いていたなんて……」

「カノン様の天敵がそろいぶみですね」

カノンは面白そうに笑っている神官を見上げた。

元々シャーロットはこの世界のヒロインだ。シャーロットは現在の世界ではオスカーと恋に落ちたが、ロシエ・クルガも攻略対象だ。義妹に会えば恋に落ちなかったとも言いきれない。

「シャーロットは皇女殿下に見劣りしない美少女で素直ないい子だから、父上にもオスカーにも愛されていて――魔力も強いの。マイラが褒める気持ちも、皇女殿下が妹を侍女にしたがった気持ちもわかるわ。ロシエもシャーロットに会ったら彼女に一目惚《ぼ》れするかもよ」

ふふ、とロシエ・クルガは笑い顎《あご》に手を当てた。

「お会いしたことはございますが、一目惚れしませんでしたね」

「いつ会ったの!?」

カノンは驚いて顔を上げた。

「半年ほど前です。南のハイリケ侯爵の領地に呼ばれた際にディアドラ侯爵閣下もお越しで」

その時にシャーロットは婚約者としてオスカーに同行していたという。

「素敵なお嬢さまでしたが、私は姉君の方を何倍も好ましいように思います」

しれっと口にしてからロシェ・クルガは周囲を気にして声を潜めた。

「シャーロット様も私がカノン様の信奉者だとはご存じだったようで。お義姉様の動向を大変気にして色々と質問をしてくださいましたよ」

想像すると胃が痛い。

「カノン様がご自分より幸せになろうとしているのです。今この瞬間にもあなたの状況を知りたくて、足を引っ張りたくてうずうずしているかもしれませんね」

胸に手を当てて沈痛な面持《おもも》ちでロシェ・クルガがのたまう。

「その表情はやめて。あなたが言うと託宣みたいに聞こえて怖いのよ！」

ロシェ・クルガは悪戯《いたずら》っぽく笑った。

「お話をした限りでは……お優しそうに見えて、負けず嫌いな方だと推察します。婚約者の格で姉上に負けたことで、ずっと悔しい思いをしているのでは？」

「婚約は勝ち負けではないでしょう」

「シャーロット様にとっては勝ち負けなのでしょうね。ディアドラ侯爵夫人より皇帝の伴侶《はんりょ》の方が偉い。偉い方が幸せだ。なのに、自分は負けてしまった。だから、不幸だ……」

「シャーロットには、どうか遠くで幸せになってほしいのだけど。――無理かな」

「侯爵家の奥方になられる予定ですから、これから頻繁に顔を合わせるのでは？　今からでも妹君を排除して、性格のよさそうな方をディアドラ侯爵にお勧めしてはいかがです？」

「さらりと魅力的な選択肢を提示しないで。手を回したくなるから……」

カノンが苦笑して立ち上がろうとすると、ロシェ・クルガが手を貸してくれた。

「手を回さないのですか？　過去の罪で断罪してもよいでしょうに」

「一度許した罪で？　それは卑怯《ひきょう》よ。それに他人《ひと》の恋路を邪魔して馬に蹴られたくない」

ロシェ・クルガは人の悪い表情を浮かべた。

「私が聞いた話では、馬には蹴られない可能性が高いですよ。マイラ嬢の兄君によると、シャーロット嬢の心はもはやオスカー様にはない、と」

カノンはぽかんと口を開けた。

「……あんなにお互いしか見えない！　って感じだったのに？」

ロシェ・クルガは面白いでしょう？　と笑うが、決して面白くはない。

「――先ほどの話に戻りますが、マイラ嬢を皇女と引き合わせたシャーロット様にオスカー様が苦言を呈したそうです。それが原因でお二人は大喧嘩《げんか》をして……。今は一緒にいないと」

シャーロットがもしも婚約破棄になったらどうするのか、とカノンは遠い目をした。

パージル伯爵家に帰るだろうか。

「皇帝陛下から結婚を命じられたお二人ですから。簡単に婚約破棄もできないでしょうが」

ロシェ・クルガは眼鏡《めがね》の奥で目を細め、カノンに顔を寄せてそっと囁《ささや》く。

「レヴィナス様は二人の不仲をご存じだろう、とマイラ嬢の兄君も言っていましたよ」

え。とカノンは顔を上げた。

「カノン様は聞いていらっしゃいませんか？」

「……レヴィナスからは聞いていないけれど、レヴィが妹のことを気にするのは当主として仕方ないわ――妹だもの」

仕方ない。そう思いつつも動揺してしまうのは――レヴィナスは「常にカノンの味方だ」という無意識の甘えがあったからだ。

カノン様、とロシェ・クルガは声を潜めた。

「シャーロット様とパージル伯爵はあなたが思う以上に密な関係かもしれません。私の話はそういう讒言《ざんげん》です」

「それが、面白い話？」

「ええ。シャント伯爵はパージル伯爵家の財産を放棄し、つい先日、グレアム・パージル様がシャント伯爵に関する一切の権利を放棄しました。――レヴィナス様とあなたのつながりも絶たれたと思ってよろしいのでは？　あまり、伯爵を信じすぎませんように」

穏やかに、しかしきっぱりとロシェ・クルガは言い切った。

「わかったわ」

カノンの言葉におや？　とロシェ・クルガは意外そうな顔をした。

「意外そうな顔ね？」

「カノン様のことですから、弟君への讒言を口にした私にお怒りになるかと」

カノンはため息をついた。

「レヴィナスのことは信じているわ、大切な弟だもの。――けれど、ロシェも私を心配して言ってくれているんでしょう？　ちゃんと考えるし、警戒するわ」

くす、とロシェ・クルガは微笑んだ。

「そうしてください。けれど私のこともあまり信頼なさいませんように。――私はパージル伯爵とは仲良くありませんので、彼がカノン様の側にいてほしくはないんです」

これには苦笑するしかない。ゲームの中でも犬猿だった二人だが、相変わらず仲が悪い。

「どうして気が合わないのかしらね、あなたたち」

ロシェ・クルガはふむ、とわざとらしい仕草で眼鏡の鼻当てを押し上げた。

「価値観の違いですね。彼は所有したい人で、私は所有されたいので――」

なにやら哲学的な話になってきた。

カノンが頭の上に疑問符をとばしていると、ロシェ・クルガは上機嫌で笑った。

「皇妃になる以上、御身内も部下も、あまりすべてを信じないように……と。しがない神官の苦言を気に留めていただければ」

ロシェ・クルガのセリフが終わらないうちに呑気《のんき》な声が聞こえてきた。

「そうそう！　レヴィナス君を信じすぎるのもどうかと僕も思うよ～。人間の血族なんか信用ならないんだから」

にゃあん、と可愛らしい鳴き声と、テテテという軽い足音のする方にカノンは目をやった。以前見た時よりもいささか丸くなった毛玉がカノンに突進してくる。

「わっ！　ぷ！　ジェジェ」

「カノンちゃん、一か月ぶりぃ！　寂しくしていた？　僕がいなくて泣いてたー？」

現れたのは世界一可愛い猫（本猫談）、皇宮に転がっている毛玉（ルーカス談）、その正体は準皇族にして偉い（らしい）霊獣のジェジェだった。

頭に抱きつかれてカノンは笑いながら猫を引きはがした。先月から体調を崩した皇太后ダフィネとともに皇都の離宮に行っていたのだが、戻ってきたらしい。

「おかえり、ジェジェ。予定より戻ってくるのが早かったのね！　離宮はどうだった？」

白猫はふんす、と鼻を鳴らした。

「なかなか快適！　離宮も高い所にあるから景色がよくってさあ。今度、ロマンチックな夜景を見に二人で一緒に行こうね！　あ、ダフィネはすっかり元気になって今はお部屋にいるよ」

ごろにゃん、と腹を見せたジェジェを撫でてやると白猫は心地よさげに喉を鳴らした。

「さっきの話だけど、カノンちゃんはどっか抜けているから。そこの腹黒神官のことも信じちゃだめだからね！　悪い奴だからね！　カノンちゃんが信じていいのは僕だけ！」

歌うように猫は言い、心外だなあとロシェ・クルガが肩を竦めた。

「ジェジェ様と私は家族も同然です。もう少し信用してください」

ロシェ・クルガの愛する義弟と義妹は諸事情あってジェジェの養子になっている。

「ジェジェ様は私の弟妹の義父なのだから、すなわち私の父君でもあるでしょう？」

――というのが神官の屁理屈《へりくつ》なのだが、ジェジェからは何度も拒否されている。

「ヤダ！　僕の子猫ちゃんはノアとセシリアだけ！　ロシェ君は胡散《うさん》臭いから、除外っ！」

ジェジェとロシェの軽口を聞いているうちにカノンもなんだか気が晴れてきたのだが――。

「ダフィネは離宮で療養して体調はよくなったんだけどさぁ」

白猫がカノンの膝《ひざ》に乗りながらぼやいた。

「帰ってきたらまた落ち込んじゃって。カノン、会いに行って慰めてくれる？」

ダフィネ想いの猫はそれを要請しにカノンの所へ来たらしい。

「皇太后様、どうかなさったの？」

カノンの問いに、白猫は難しい顔をした。

「まーた、ヴァレリアがダフィネに泣きついてきたんだよねぇ」

白いふわふわの尻尾《しっぽ》が、イライラと揺れる。

「コーンウォルが死にそうだから、助けてやってほしい、って」

★第二章　高貴なる虜囚

皇太后ダフィネは皇都の外れで療養をしていた。戻ってきたばかりの皇太后をカノンはジジェと共に見舞い、終始和やかな時間を過ごせた、のだが……。

「も〜、やだやだ！　ダフィネはまた我慢ばっかりして！」

皇太后の部屋を出て、カノンの部屋に共に戻ってきたジジェはぷんすかと怒っていた。

身体《からだ》をぽんっと大きく変えて、カノンのソファをどかんと占拠し、寝っ転がる。

じたばたと巨大な猫はソファの上で暴れた。

「我慢って、皇女殿下のこと？」

「そうだよ！」

カノンと共に見舞いに行ったジジェは皇女の振る舞いについて、ダフィネに苦言を呈していた。

『ヴァレリアが来て我儘《わがまま》言っていたらしいじゃん。無理な要求は無視していいからね』

――と。しかし、ダフィネは「あの子も愚痴る相手は私しかいないのよ」と困り顔で庇《かば》うばかりだったので、ジジェの怒りは収まらない。

「ヴァレリアはダフィネを困らせてばかりなのに！　見捨てないんだよなあ」

皇女ヴァレリアは先帝の娘。

実母が彼女を産んですぐに亡くなったため、皇太后に引き取られ養育された。皇太后もヴァレリアとルーカスの確執を知らないわけではないだろうが――基本的には、皇女に甘い。

「あの皇女はそろそろどっかに追放すべきだと思うね！」

ジェジェは皇族を守る霊獣らしいのだが、基本的にはダフィネ以外の皇族は好きではないらしい。特に皇女に対しては辛辣《しんらつ》だ。

「――野良猫もたまには俺《おれ》と気が合うな」

「ルカ様」

「皇太后に会ってきた」

ここ数日も皇帝は忙しかった。午後になってようやく皇太后に会う時間を捻出したのだろう。

「私たちと入れ違いでしたね。皇太后様は何かおっしゃっていましたか？」

「皇女のことか？　……皇太后は俺には何も要求しない。まあ、ヴァレリアがコーンウォルの待遇をよくしてくれ、軟禁を解いてくれと言いにきた、とは皇太后の侍女から聞いたが。皇太后もさぞや頭が痛いだろう――退《ど》け、野良猫」

ソファのジェジェをルーカスが退かすとジェジェはふにゃっと叫び声をあげて小さくなる。

「僕を乱暴に扱うなっ！」と怒ってルーカスの肩によじ上ってガジガジと頭を噛《か》んだ。

「噛むな野良猫」

「ジェジェ様って呼べ！　そもそもさあ、東部でセネカ・ラオを殺したのって絶対皇女じゃん？　皇帝特権であいつをちゃっちゃと捕まえてなんとかしなよ」

「証拠もないのにか？」

「探せよ、無能っ！」

容赦ない非難に眉間《みけん》に皺《しわ》を寄せたルーカスは、猫の首を掴《つか》んでぽいっと放り投げるのでカノンは慌ててキャッチする。

「証拠がないと動けないのよ、ジェジェ。……もしあったとしても、皇太后様は皇女殿下を大切に思っているから……真実皇女殿下がすべてに関わっていてその罪を明らかにするとしたら、苦しいでしょうね」

釈然としないものはあるが、生《な》さぬ仲の母娘は傍目《はため》からは良好な関係に見える。

ルーカスが空いたソファにどかっと座るのでカノンもそれにならった。

「皇太后の過保護は、罪悪感の埋め合わせにも思えるが」

ルーカスは腕を組んだ。

「ヴァレリアの母親も皇族の傍系だ。そもそもはどこかの侯爵家に嫁ぐはずが、祖父が血迷って手を付け――挙げ句に早世したからな。皇太后は祖父を止めなかったことを後悔している」

「もとはと言えば色ボケ皇帝が悪くなーい？　ダフィネに迷惑ばっかりかけて！」

「全くだな。猫もたまにはまともなことを言う」

猫と皇帝が同じ表情を浮かべるのでカノンは苦笑する。

先代皇帝は政治面では悪し様《あざま》に言われることはないが、女性関係は清廉潔白《せいれんけっぱく》だった、とは言い難《がた》い。少なくとも皇女と、コーンウォルの母親を側室にしている。

「皇女もなまじ皇族に生まれなければ夫の死後、いくらでも再婚できただろうに。皇位継承者が少なく、状況が複雑になったせいでヴァレリアはどこにも行けない。皇太后は、ヴァレリアは不当に幸せを逃した……くらいのことは考えていそうだな」

「ルカ様が皇女殿下を許すのも皇太后様を悲しませたくないからですか？」

「まあ多少はそれもあるが……先帝との誓約のせいだ」

「誓約？」

「病状がいよいよ悪化して俺が皇位を継ぐというときに、祖父に呼ばれた」

祖父は皇帝位を継ぐにあたって条件がある、と言った。

「ヴァレリアを殺すなと誓約させられたな」

カノンは目を丸くした。孫に残すには物騒な遺言だ。

「さんざん娘と側室を不幸にした挙げ句、ヴァレリアの養育にも関わらなかったくせに、今際《いまわ》の際《きわ》に反省したのかなんなのか……祖父は日和《ひよ》ったらしい」

「それで、ルカ様はその誓約を守っているのですか？」

「意外そうだな」

「いかに先代の皇帝陛下相手とはいえ、約束を律義に守っているというのはずいぶんルカ様らしくないなと」

知ったことではない、と舌打ち一つで反故《ほご》にしそうだが。くつくつと人の悪い悪役顔で皇帝は笑った。そういえばこの人ゲームでラスボスだったな、とカノンは懐かしい気持ちになる。

「どうした？　いきなり見つめて」

「いえ、悪い顔をしているなあ……と」

正直に言うと「好きだろう？」と満面の笑みで聞かれた。

ルーカスの顔が好きな自覚はあるのでカノンはうっと言葉に詰まりつつも肯定した。

「ルカ様の顔が好きなのであって、悪い顔が好きなわけではないですよ。……多分」

「多分、か。まあいい。——俺も祖父との約束は反故にしたいが、祖父は魔法に長《た》けていた。俺が正式な名乗りをしたうえでの誓約を破って皇女に害をなせば、何か面倒なことが起きそうだからな」

「面倒なこと？」

「俺が死ぬ、とかな——」

ますます物騒だ。

「皇族は古代人の血筋だ。——古代人の魔力は絶大ではあるが、その反面不具合も多い。過去の誓いを破れなかったり……何かに縛られたり、な」

なので、ルーカスは皇女に対しては慎重に接しているということらしい。

「皇女もおそらく『俺を殺すな』と誓約させられているはずだ。だから自分で直接手を汚そうとはしない」

それで今の殺伐とした叔母と甥《おい》の関係があるわけだ。

カノンは思い切ってもう一人についても尋ねてみることにした。

「では、叔父君はいかがですか？」

ルーカスはきょとん、とした。

「うん？」

「コーンウォル卿は昔、ルカ様を……暗殺しようとした、と聞きました。――だから今は軟禁されていると。叔父上に対しても何か誓約を？」

ルーカスは、ああ、と気が抜けた様子で頷《うなず》いた。

「話したことがなかったか？」

「ルカ様にとっては面白くない話題なのか、と思って聞けませんでした」

皇宮では今でも彼の名前はタブーだし、シュートやラウルでさえあまり口にしない。

現在はともかく、出会った頃《ころ》はカノンはルーカスが恐ろしかった。

迂闊《うかつ》に話題にしたら殺されるのでは？　と思っていたくらいだ。

「別に面白い話でもない。両親が死んだあと俺たちは親切な叔父と品行方正な甥で仲良く家族をやりつつ数年を過ごしてはいたが――ここまでは知っているだろう？」

「仲は良かったのですか……？」

にゃにゃ、とジェジェが鳴きながら首を傾《かし》げた。異論があるらしい。

「向こうはそう思っていたかもな。叔父は未成年の俺より皇帝業をうまくやる自信があったらしい。なので、ついに自分が皇帝になろうとして俺に弓を引いた――」

ソファにルーカスは身を沈めて天井を仰ぐ。

「あいつがもう少しまともな人間なら一考したかもな。周囲の人間の才をつぶしても何ら後悔しない阿呆《あほう》だ。――皇国に存在するものはすべて俺の所有物。ぞんざいに扱われてはたまらん」

現在、ルーカスの秘書官を務めるキリアンも当時のいざこざに巻き込まれたと聞いた。将来有望な騎士だったのに、コーンウォル卿のせいで死にかけ、二度と剣が握れなくなった、と。

「叔父上はどんな方なんですか？」

「刹那《せつな》的な阿呆だ。皇女と価値観はよく似ているが――自分を善良だと信じている分、叔父の方が、タチが悪い」

ルーカスの評価は辛辣だ。

「俺が奴《やつ》を生かしているのは情でも誓約でもない。国法で『第一位の皇位継承者は殺せない』、だから国教会が叔父を庇うし、俺も国教会と揉《も》めるのは面倒なので生かしているだけだ――それに、叔父が生きていることで俺にも多少の利益がある」

ニヤっとルーカスは笑った。

「俺に不満のある人間はコーンウォルに近づく。わかりやすくていい」

身内を試験紙みたいに使わないでほしい。

「国教会と俺はあまり仲が良くない。信者への新規税の取り立てを俺が許さないからな」

教会税は所得に対して一律に納める税金で、先代皇帝の時代に廃止されている。国教会はそれを復活させたがり、ルーカスは拒否し続けている。

以前は教会税を納めていない市民は洗礼名を与えられず、墓地に埋葬してももらえなかったはずだ。今では都度の寄進や寄付で洗礼も相談も埋葬もしてもらえる。しかし、それまでは信者に何も施さずとも毎年莫大な収入があった国教会としては、大きな痛手だ。

「大神官とべったりだったコーンウォルが復活した方が奴らには都合がいい。先代と俺の時代に冷遇された貴族たちもおそらく、喜ぶ。今は焦っているだろうな」

楽しげなルーカスはカノンの髪に触れた。

「俺が結婚する、そうするとまあ……子ができることもあるだろう」

カノンはどきりとした。夫婦になれば、と。それを考えないわけではないが、ルーカスが直接口にすると、身の置き所がわからなくなる。

ルーカスはカノンの髪をあっさりと解放した。

「――そうすると、俺がコーンウォルを生かす理由は消滅する」

どこか自嘲《じちょう》するようにルーカスは笑った。

「私が子供を産んだら、それが叔父君の処刑理由になる、ということですか？」

「可能性は否定しない。叔父が第一皇位継承者でなくなれば、首を刎《は》ねるかもな。不満か？」

カノンはむぅ、と考え込んだ。

「私の子供が大きくなって『お前が生まれたせいで誰《だれ》かが死んだ』と言われたら……嫌だろうと思います。なので、理由を生まれてくる子供に託さないでください」

うん？　とルーカスが聞き返す。

「叔父君を処罰したいなら、正当な方法で正当な時期に、ご自身の職責で法に基づいて裁いてください。——私は理由を作るのには、協力する気はありませんからね」

ふ、とルーカスは頬《ほお》を緩めた。

「ひどいな」

「第一、私がルカ様と結婚したとしても子供が生まれるか、わからなくないですか？」

婚約発表後、多方向から圧を感じるが、これぱかりはカノンにもどうしようもない。

「それはそうだ」

「ルカ様はどうしますか？　もしそうなれば、ヴィステリオン侯爵閣下は……側室を迎えろと進言してくるかもしれません」

「かもな」

他人事《ひとごと》のようにルーカスは言ってからカノンの肩に頭を預けた。

「子供ができない場合、どちらが原因かわからないだろう。側室を迎えて解決するのか？」

確かにそれはそうだ。ルーカスは他人事のように淡々と続けた。

「仮定だが……俺が、子供のために側室を迎えたとする。その側室が子供を産んで、その後に姫君との間にも子供が生まれた、としよう」

ありがちな話ではある。

「俺は当然、カノンとの子供を優遇する。生まれてきた子供が俺と叔母のような関係になったらどうする？　子供たちが殺し合ったら、各侯爵家はどちらに加勢を？　――うんざりだな――そして、側室の子が聡明《そうめい》でカノンの子が暗愚だったら？　――側室がどんなに弁《わきま》えた女だとしても、内心は面白くないだろう」

それは……周囲が今以上に苦労しそうだ。

ルーカスの場合はまだいい。年少だったとはいえ彼は「皇帝の嫡男の息子」でコーンウォルは亡くなった皇太子の「弟」で「側室の子」。どちらに正統性があるのかは一目瞭然《いちもくりょうぜん》だった。

「血族ならば親しくできるというのは幻想だ。歴史上、同母の兄弟がどれだけ殺し合ったか。異母ならば軽く倍になる――ヴィステリオンは一族の結束が異常に強いからな。無意識に一族間の争いの可能性を除外する。フリーダには血族に苦労する俺の気持ちはわからん」

ルーカスがぼやく。

カノンも血族とは縁が薄いので、ルーカスの嘆きは、感覚でわかる。

「火種を撒《ま》くような愚は犯したくない。結果として皇族が死に絶えれば国法が定める通り、侯爵家の誰《だれ》かを養子にもらえばいい。それに――」

ルーカスはカノンを上目遣いで見た。赤い瞳《ひとみ》がいつも綺麗《きれい》だなと思う。

「カノン以外の側《そば》にいたいとは思わないな。なので、側室を迎えることは死んでもない」

「ルカ様」

今の殺し文句はちょっぴり、きゅんときた。

横柄《おうへい》なくせに、ルーカスがたまに一途《いちず》で可愛《かわい》い言葉を囁《ささや》くのは狙《ねら》っているのか天然なのかどちらだろうか。

顔が近づいてきたので避《よ》けずに口づけを受ける。柔らかな感触が角度を変えて続くので思わず甘い吐息が漏れた。

「こういう時は――目を閉じた方が、雰囲気が出ると思うが」

「ルカ様は目を開けているじゃないですか、ずるい」

「カノンがどういう表情をしているのか、見たいからな」

「じゃあ、私だって観察したいです」

口を尖《とが》らせると鼻の頭にキスをされた。

「どんな顔をしていた?」

ニヤニヤと聞かれたので、ついそっぽを向いてしまう。

「……言いません」

くつくつとルーカスは喉《のど》を鳴らす。

「万が一、姫君が俺に飽きて、他《ほか》の男を好きになったら早めに言ってくれ」

「ありえないけれど——私が血迷って、好きな人ができたからルカ様と別れたいと言い出したら……どうするんです？」

興味本位で聞くと、にこっと、ルーカスは微笑《ほほえ》んだ。

「あらゆる手段を講じて相手を排除する」

物騒な台詞《セリフ》を今日一番のいい笑顔で宣言しないでほしい。

「信用してください」

額に口づけるとルーカスは「それはよかった」と軽く笑ってソファに座りなおした。

足元で気配を殺していたジェジェが二人を横目で見ながら、ふんす、と鼻を鳴らす。

「僕の前でいちゃつくのやめて……」

「あっ……。ごめん、ごめん、ジェジェの事も大好きだよ！」

「ついでみたいに愛を囁くのもやめて……！　僕、かえって傷ついちゃうんだからね……！」

「面倒くさい野良猫め。勝手に俺の逢瀬《おうせ》を覗《のぞ》くな」

「うるさい、馬鹿《ばか》ルカ。僕の方が先にカノンちゃんを好きだったのにっ……なのに、この仕打ち……。ううっ……僕の方が百倍可愛いのにっ……もふもふなのに……っ！　越えられない種族の壁っ……悲恋……ッ！　うう、いっそ傷心の旅に出たい……っ」

「二度と帰ってこなくていいぞ。――食費が浮く」

理不尽を言ったルーカスはジェジェを膝《ひざ》の上に載せ、顎《あご》の下のもふもふを弄《もてあそ》びながら、ふと思いついたように言った。

「傷心ではないにしろ、旅行はいい案かもしれん。避暑に行くか？　婚約祝いにベイルが別荘をくれると言っていた」

「避暑、ですか？　タミシュ大公が別荘を？」

ベイルことベイリュートはトゥーラン皇国の西部にあるタミシュ大公国の主だ。

ルーカスとは古い友人でカノンともなんだかんだと手紙や贈り物の交換といった細々としたつながりがある。タミシュの領土は広くないが貿易で栄える豊かな土地で、そこの主であるベイリュートの個人資産は途方もない。皇帝の結婚祝いに別荘の一つや二つ気前よく献上するのも無理ではないだろうが太っ腹ではある。

「皇都の北西にあいつの持っている土地がある。――高地で夏でも涼しい」

立地はいいがタミシュとは地続きではないので、ベイリュート自身はあまり使ってはいなかったそうだ。

「初代皇帝が暮らした古い町だから古代の遺跡もあるぞ。昔の書籍もたくさんある――魔術書の整理をするなら本も全部くれると言っていたが」

「本当ですか⁉」

それはぜひ行きたい。――行きたくはあるが。

カノンは目を輝かせたが、次の瞬間、我に返った。

「この時期に皇都を離れていいのですか？　皇女殿下も色々と動いておいでなのに？」

機嫌よくルーカスは足を組む。

「だからこそ、かな。――前提として姫君と俺は婚約して――浮かれている」

「ええと？　浮かれているのならよかったです」

カノンも浮かれている自覚はあるので同意すると、いい傾向だと満足げにルーカスは頷いた。

「浮かれた挙げ句、普段なら行かない土地に避暑に行き、皇宮を空にする――」

「……のは、よくないですよね？」

「俺が皇女やコーンウォルならば罠《わな》だと考えて大人《おとな》しくするが……、皇女は面白いから、コーンウォルは浅はかさゆえに騒動を起こすかもしれんな。罠だとわかっていても、俺が身を固める前に何かひと騒動起こして――復権を望むかもしれない」

あからさまな誘いだがそれに誰が乗るかを見てみたい、というわけだ。

「呆《あき》れた！　避暑に行っている間に皇宮が占拠されでもしたらどうするんです？」

「それはそれで面白い。たまには俺の無茶にも付き合え、カノン。――茶番のつもりが皇女の企《たくら》みが成功して俺がめでたく皇帝職を追われたら、一緒に逃げよう」

「……ええ⁉」

楽しげに宣言すると、ルーカスはラウルとシュート、それからキリアンを部屋に呼んだ。

ベイリュートの勧めるまま避暑に行くから予定を調整しろ、と命じるとラウルは悲壮《ひそう》な顔でお供しますと頷き、シュートは胃のあたりを押さえて呻《うめ》き、キリアンだけが苦笑している。

「議会が紛糾します……、我が君……」

蒼褪《あおざ》めたシュートが控えめに異論を唱える。

「ヴィステリオン侯爵が憤死しそうだな。おまえは俺の代わりに叱責《しっせき》されておけ」

「めったな事は起きないと思いますが、本当に皇宮が皇女殿下に乗っ取られでもしたらどうするんです？」

「その時はおまえも近衛《このえ》騎士も大人しく捕まって抵抗はするな。――まあ、おまえはヴァレリアとも古い馴染《なじ》みだから殺されることはないだろう――機嫌をとるんだな」

「御意……」

何を言っても無駄だ、と悟ったらしいシュートはがっくりと肩を落とした。

する、と決めたらルーカスの行動は早い。あれよあれよと決まっていく予定にカノンは目を丸くして見守るしかない。

避暑の期間は半月ほど、十日後には皇都を出立する予定がその場で決まってしまった。

カノンが旅行の準備に明け暮れている頃、皇宮付きの神官であるロシェ・クルガはいつものように皇帝が住まう太陽宮の側にある小さな礼拝堂で祈りを捧《ささ》げていた。

顔見知りの文官や侍女たちと世間話をして、騎士団にも顔を出す。懇意になった近衛騎士を見つけて微笑むと彼は親しげに話しかけてきた。

「――ロシェ・クルガ神官！　この前は治癒《ちゆ》をありがとう」

「骨折した腕の具合はいかがです？」

近衛騎士団の上層部には胡散《うさん》臭い神官だ、と相変わらず警戒されているようだが、治癒を得意とするロシェ・クルガが、怪我《けが》の多い若い騎士たちと親しくなるのは容易《たやす》かった。

「すっかり元通りだ。いつも助かるよ」

「私の異能が役に立てば嬉《うれ》しい限りです」

「今日も礼拝を？　神官の敬虔《けいけん》さには頭が下がるな。私などは月に一度がせいぜいだ――皇女様は三日に一度は礼拝されているようだが」

口の堅い騎士たちは機密事項を漏らしてはくれないが、それでも色々と得られる情報はある。

「皇女様は信心深い方ですから」

「ここ数日はお具合が悪いようでお見えではないが……」

ロシェ・クルガは心を込めて、表情を曇らせてみせた。

「それは、心配ですね。お見舞いに伺います」

ここ数日、皇女は自分の部屋に引き籠《こも》っているらしい。最近では珍しくもない。ルーカスに会いたくない方便かとも思ったが、どうも皇女が昨年から体調を崩しているのは本当のようだ。皇女の住む宮に誰が見舞ったか把握しておこう、とロシェ・クルガは笑顔の下で思考を巡らせる。騎士と別れ皇宮を歩いていると、皇女の宮で働く侍女たちと遭遇した。

皇女はロシェが事件を経てカノンの仲間——と自認しているのだが——になってから——彼女のサロンには呼ばなくなった。

ロシェ・クルガも命が惜しいので足を運んだりはしない。

「最近は神官様がおいでにならず、寂しい限り。また説話をお聞かせください」

しかし、表だって対立はしていないので、皇女配下の侍女はロシェ・クルガの歓心を買いたいが故に、色々と話をしてくれる——。

「もちろんです。しかし、最近は皇女殿下の体調が優れないとか？　今は訪問できませんね」

「ええ。早く快癒《かいゆ》されると良いのですが……」

「皇女殿下のお見舞い対応で、皆様も大変でしょう」

「いいえ、お越しいただくのはお断りしていらっしゃるのです。けれど、色々な方からお見舞いの品をいただくので……手分けして返礼をしております」

「どのような方からお見舞いが？」

何食わぬ顔で聞いたロシェ・クルガは思わぬ名前を聞いて、一瞬だけ頬を引きつらせた。

「それは――大変でしょう」

ロシェ・クルガは笑顔を作り直してなおも侍女たちの話を聞いた。

廊下の向こうから、見知った顔――ディアドラ侯爵家のマイラが歩いてくるのが見えた。

「ディアドラ家のお嬢様も、侍女でいらしたのですね」

感心した口ぶりでマイラをわざと褒めると、古参の侍女二人は――顔を見合わせた。

「マイラ嬢は正式な侍女ではありませんわ！　けれど、皇女殿下のお気に入りですから……いつも皇宮にいらっしゃるの」

「侍女の真似事《まねごと》をなさっているだけです……！」

皇族に仕える侍女は皇宮から直接雇われているし、試験もある。皇女付きは――倍率も高い。

「本来なら私たちがするべき返礼品のお使いも、一部、マイラ様にお命じになられて」

「けれど、その仕事しかしないんですよ！　あの方！」

正式な手続きをすっとばして我が物顔で皇宮にいるマイラは、同僚たちから良い印象を抱かれていないようだ。ロシェ・クルガが「あなた方の負担ばかりが大きくて大変ですね」と同情すると、本当ですよ！　と嘆く。

侍女たちと別れて笑顔を消すと、無言で眼鏡《めがね》のブリッジを押し上げる。

「皇女もだが、坊やは何を考えている？　――何かしでかさなければいいが」

誰に相談するのが一番いいかと考え、ロシェはシュート・ヴィステリオンの部屋の扉を叩《たた》く。

――最近、皇女とその侍女が使用した馬車の記録、それから乗車した人物と馬車の行く先を調べる必要がありそうだった。

◆

皇帝とその婚約者がそろって皇都を留守にするというのは一応秘密事項だ。

カノンはできるだけこっそりと準備を進めていたのだが、噂《うわさ》はすぐに漏れるものらしい。

ご機嫌伺いとカノンの部屋に顔を出したレヴィナスはあっさりと「避暑に行かれるとか？ご準備が忙しいですか？」と聞いてきた。

「もう知っているのね」

「お二人がタミシュ大公に呼ばれて避暑に行くという噂は僕も聞きましたよ、義姉上。しかし、この時期に本当に皇都を留守にして大丈夫ですか？」

レヴィナスの様子はいつもと変わらない。ロシェ・クルガは義弟を警戒しろと忠告してくれたけれど、カノンはこの心配そうな表情が演技だとは思いたくない。

甘いだろうか。

レヴィナスから城下へ行きませんかと誘いを受け、カノンは喜んで赴く。

皇宮から「駅」にたどり着き、馬車で目的地に向かう間もレヴィナスの様子におかしなところはなかった。シャーロットのことは打ち明けてくれないようだが……。

「タミシュ大公が別荘をくださるらしいの。そこに行こうかなとは考えているんだけど」

「さすが大公殿下。――しかし避暑はよいですね。今年は特に皇都は暑いですし……」

市街に到着し、馬車を降りてカノンは真上にある太陽を仰いだ。

すっかり夏だ。ほんの少し歩くだけでも汗をかく。

「カノン様、今日はひどく暑くなるようです。まずはどこかで休憩いたしましょう」

二人から三歩ほど下がって歩いていた侍女姿のラウルが心配そうに声をかける。

「そうね……」

城下を歩くのは楽しいけれど暑いのには辟易《へきえき》する。

「ならばそこのカフェで涼んでいきませんか？　――義姉上は好きだと思います」

レヴィナスが案内したのは、大通りから路地に入ったところの赤煉瓦《れんが》の建物だった。

規則的に配置された上部がアーチ状になっている窓からは、裕福そうな令嬢たちがテーブルでお喋《しゃべ》りに興じているのが見える。

レヴィナスが入場料を払ってくれて中に入ると、高い天井が視界に飛び込んできた。二階建てに見えた外観の建物は、中に入ると天井の高い一層の建物なのがわかる。

「素敵な建物！」

建物自体はそう新しくはなさそうだが中に入ると古さは全く気にならない。

おそらく床材はすべて張り替えて調度品も新しくしたのだろう。落ち着いた色のテーブルと椅子《いす》は年を経て味を出した石の壁と調和している。

足を踏み入れたカノンは、右手側の喫茶スペースに目を輝かせ、ついで左手側のスペースに小さく歓声をあげた。

喫茶スペースの隣の空間には本棚があり、美しい装飾の本が所狭しと並んでいる。

「カフェと……、書籍店が併設なのね!?」

さすがに書籍店に飲食物は持ち込めないようだが、書籍を購入した若者はそのままカフェスペースに移動して飲み物を注文し、一人席で悠々と読書をして寛《くつろ》いでいる。

彼が腰掛けている椅子は、修理されているがずいぶんと年代物だ。

「あれ見て！　皇宮にも似たデザインの椅子があるわ――百年は昔の意匠じゃないかしら」

はしゃぐカノンにレヴィナスは目を細めた。

「この建物は以前はさる貴族が使用していた私塾だったそうなんです。十年前に廃校してからは放置状態で。内装が素晴らしかったので、取り壊すと聞いて惜しくて」

「惜しくて？」

口調に引っかかりを覚えてカノンが振り向くと、義弟はいたずらっぽく笑った。

「友人たちと一緒に共同購入して、ひと月ほど前に開店したんです」

「……驚いた！　いつの間にそんな準備をしていたの？」

「学生だけでは無理でした。さる貴族が出資してくださったんです。義姉上が設立された児童図書館のように、誰でも入れるように敷居を低くすることは資金回収の点から無理でした。入場料を徴収しますし、飲食代も安くはありません。富裕層向けの書店兼カフェですね」

内装の隅々までこだわったのがよくわかる。

茶葉のメニューは手に入りづらい外国産のもの。ゾーイが購入してくれていた茶葉もあった。

「東国の茶葉は手に入りにくいと聞いたけど」

「そこはキシュケ卿にもご協力いただいて、安く仕入れています」

春前にカノンは東部のランベール商会の長、キシュケと親しくなった。商売もする義弟にも紹介したのだがちゃっかり商売を始めていたらしい。

「素敵な空間ね。書籍もたくさん……！」

目を輝かせたカノンは書籍ブースにも足を向けた。

「ターゲットが裕福な商家や貴族の子息……もっと言えば令嬢なので、画集や、装丁の綺麗な本ばかりを集めたんです。学術書なんかはあえて排除して……」

「この本、初めて見るわ！　表紙が箔押《はくお》しなのね？　テーマはそれぞれ春夏秋冬？」

四冊セットの本はそれぞれ季節がテーマの詩集のようだ。中を開くと古今の有名な詩人の詩が季節ごとに収集されて掲載されている。

「来月発売の詩集です。——昔の詩なら権利も発生しませんので。季節感がある詩をまとめなおした、と出版社が言っていました。安くはないんですが、インテリアとして部屋に置きたがるご令嬢は多いらしくて。予約状況はいいようですよ」

「わかるわ！　私だって欲しいもの！　この装画家の人は知っている……！」

新進気鋭の画家だ。カノンはわくわくとページをめくった。

詩作は貴族の嗜《たしな》みのひとつだから、ご令嬢にはさぞや人気だろう。

カフェと書店の併設は前世ではよく見かけた形式だがトゥーランでは基本的に本は高価だし、売り物になる本と飲食店を併設しようとは思わないだろう。

「元々は、義姉上の発案ですよ。図書館では飲食は無理だけれど、寛ぎながら本を読める施設があったらいいのに、とおっしゃっていたでしょう？　アイデアを勝手に拝借しました。お気に召しましたか？」

「もちろんよ！　――私ではこんな素敵な内装やメニューまで考えつかないわ」

「この詩集のセットはあとで義姉上に贈りましょう。別荘とまではいきませんが。弟からのささやかな婚約祝いです」

「本当？　嬉しいわ、ありがとう、レヴィ」

カノンの笑顔につられてレヴィナスが微笑む。

「――義姉上はそんな風に普段から笑っていらしたらいいのに……」

懐かしいセリフにカノンは目を細めた。

成人の日、レヴィナスが贈り物をくれた時に言った言葉だ。

「こんな風に？」

言葉の意図に気づいて、あの時のように指で口角を上げてみせると、レヴィナスはあの時より大人《おとな》になった顔で、けれど同じように優しい表情を浮かべる。

「あの頃より、ずっと義姉上は笑うのが自然になった」

そうかな、とカノンは照れる。

「皇宮に来てたくさん笑ったから――自然に笑えるようになったんだと思う。だとしたら皆のおかげ。レヴィも含めてね」

「そうでしょうか？」

「そうよ。私が成人した日に、あなたが何をくれたか覚えている？」

カノンが家族に見放された日。レヴィナスだけが追いかけてきてくれて、祝いの言葉と、可愛らしいガラスペンとインクを贈ってくれた。

――惨《むご》めな思いだけを抱えて誕生日を過ごさずに済んで、どれだけカノンが救われたか。

「……取るに足りないものですよ」

「そんなことはない。一生大事にするんだから」

「宝石や金でできたペンの方がよいのではないですか？」

レヴィナスがいたずらっぽく笑う。

「重いだけよ、そんなの！　一生使うんだから。それにしてもここは素敵な空間ね。通いつめたいなあ」

カノンがうきうきしていると、何やら話し声が聞こえてきた。

「――本当に素敵な店ね！　綺麗な本がたくさんある……」

感嘆する声に同感だわと頷きつつ、向けた視線の先には二人の女性の後ろ姿があった。服装や会話の中身からするとどこかのご令嬢とその侍女のようだ。

「マイラ様、この本などは素敵ではありませんか？」

「この詩集？　悪くないけど……あの方は喜んでくださるかしら？」

「詩を詠《よ》むのがお得意なのでしょう？　きっとお喜びになります！」

そうね――と頬を染めて本を選んでいるのは見知った顔だった。カノンは思わぬ偶然に声をあげて本棚の陰に隠れた。

ディアドラ家所縁《ゆかり》のマイラ嬢……！

「あの小娘……よくもまあ、のこのことカノン様の前に顔を晒《さら》したな――」

大人しそうに見える外見に反し血の気の多いラウルはぐるるる、と唸《うな》ってすぐにでも飛び掛かりそうだ。先日の夜会で、オスカーの従妹《いとこ》、マイラ嬢がカノンの悪口をおおっぴらに言っていたことはミアシャを通じてラウルにばれてしまった。ミアシャとラウルは幼馴染みらしいので、たまに思わぬ情報が二人の間に共有されていたりする。

「ラウル落ち着いて！　こんな雰囲気のいいお店で喧嘩《けんか》をしたらだめだからね!?　のこのこ市井《しせい》にやってきたのは、私の方なのだから脅したら可哀《かわい》そうでしょう？　それに楽しそうに本を選んでいるのに邪魔しちゃだめよ？」

　小声で窘《たしな》めると、はい、とラウルは不承不承《ふしょうぶしょう》頷いた。

「恋人に渡す詩集でも選んでいるのかしら」

　貴族の恋人同士は詩集を贈り合ったりするし。

「……カノン様も贈られてはいかがですか？」

　案外ロマンチックなラウルの申し出に、ふむとカノンは想像してみた。

「ルカ様は、喜ぶかしら……。読んでいるうちに寝ちゃいそうだけど……」

　教養として最低限は知っているだろうが、ルーカスに美辞麗句《びじれいく》を言われてみたいかというとそうでもないし、カノンも笑ってしまいそうだ。

　美辞麗句なら婚約者時代の（初期の）オスカーの方がよほどイメージにある。四季折々の儀礼的な手紙の中でも詩を引用したりして、カノンのこともそれなりに褒めてくれていた。

「初代ディアドラ侯爵も詩集を残していたし。家風かしら……」

　もはや懐かしく思い出せることに安堵《あんど》しつつ、カノンがマイラを眺めていると、彼女は幸せそうな表情のまま、本を手に取った。

「綺麗な詩集だわ。ヴァレリア様もジュダル様も気に入ってくださるといいのだけれど」

カノンとラウルは漏れ聞こえた声に一斉に動きを止めた。

――とてつもなく不穏な名前を二つも聞いた気がする。

ヴァレリアというのは言うまでもなく皇女のことで、ジュダルは軟禁されている皇帝の叔父だ。謀反《むほん》の疑いで軟禁されている男の名前を街中で口にするとは迂闊にもほどがある。

「マイラ嬢はジュダル殿下とも面識があるのかしら？」

ラウルが渋面になって呻いた。

「……そういえば、明日はあの方の礼拝日ですね」

ジュダルは月に一度、皇都の外れの教会に礼拝が許されている。

近衛騎士と聖職者立ち会いの下だが、礼拝時は皇女との面会も予定されているようだ。

物品の受け渡しは基本禁止だが、本ならば許されるらしいので、マイラが選んでいるのはその差し入れだろう。

「皇女殿下はディアドラ家に保管してある詩集が欲しいとおっしゃっていたの。でも、オスカー様はそれを渡しては駄目だって怒るのよ！　侯爵のくせにケチよね」

「本当ですね、お嬢様」

「こっそり持ち出して、お渡ししましょうかしら……」

あんまりな言われようだ。カノンは少しだけオスカーに同情した。

「マイラ嬢はヴァレリア様の侍女として同行するのでしょうか……。確かに皇女殿下ならば侍女の同行は許されると思いますが」

　カノンはロシェ・クルガの報告してくれた「面白い話」を思い浮かべていた。

　神官の言う通りマイラ嬢は皇女にべったりらしい。

「あの方との面会にまで同行するとは。ディアドラ侯爵の指示でしょうか？」

「皇女と親しいのはマイラ嬢だけで、オスカーが親密なわけではないでしょう？」

　ラウルの声に警戒がにじむが、カノンは首を振った。

「……義姉上はオスカーを庇うのですか？　意外ですね」

「庇うというか。オスカーは華やかなことは好きだけれど、厄介ごとは嫌うはず」

　婚約者だった数年で彼の人となりはある程度、知っている。

「社交界で皇女殿下と懇意にするのはわかる。貴族は皆皇女が好きだもの。けれど、謀反の疑いが晴れないコーンウォル卿とまで仲を深めるようなことはしないと思う。オスカーにとってなんの得にもならないもの」

　政治思想はあまり強くない人だ。

　厄介事の気配を感じたら、どんな親しい間柄でも、笑顔を浮かべて全力で逃げるだろう。そういう危機回避能力には謎《なぞ》の信頼感があるし、ロシェ・クルガの報告通り「マイラが皇女と親しくなるきっかけを作ったシャーロットを叱責した」のが真実ならば、従妹がここまで皇女にべったりなのはオスカーの望まないところだろう。

「オスカーはここ一年半ほど皇都にはあまりいなかったよね。マイラと皇女の関係の深さまでは把握していないのかも」

オスカーが皇都に不在がちな原因はカノンだ。

シャーロットが異母姉のカノンと対立し、皇帝ルーカスの不興を買ったから。

皇帝の怒りが収まって、ほとぼりが冷めるまでは、とオスカーはシャーロットを連れて皇都から離れた土地で「病気療養」と称してのんびりしているはず。

侯爵家の主たるオスカーが不在なのを狙って皇女がディアドラ侯爵家の親戚《しんせき》と接近しているのだとしたら、当主としては望んだ状況ではないだろう。

当主ならば親戚の手綱《たづな》はしっかり握っていてくれ、と文句を言いたいのが半分。

オスカーが皇都にいないのは原因をたどればカノンのせいなので、責めるのは酷かなという罪悪感が半分……。

カノンの苦悩をよそに、マイラと侍女は機嫌よく書籍を購入して店を出ていく。

なんとなく外出を楽しむ気分ではなくなってしまった。

ラウルが気を利かせて馬車を呼んでまいりますねと外に出たのを見計らって、カノンは義弟を見上げた。

「皇女とマイラ嬢はずいぶんと懇意なのね」

カノンが家を出た二年前よりもレヴィナスはずっと背が伸びたから、以前よりも目線を上げなければならない。

「シャーロットを通じてオスカーに警告した方がいいかもしれないわ。マイラ嬢は皇女殿下に深入りしすぎている」

「……機会があれば、伝えます」

どこか歯切れの悪い言葉に、カノンはつい問いたくなってしまう。

「シャーロットとオスカーは元気？　相変わらず仲がいいかしら」

「以前と変わりないですよ」

カノンの問いに、レヴィナスは間髪入れずに答えた。

ロシエ・クルガの声がよみがえる。

（レヴィナス様は二人の不仲をご存じだろう、と――）

レヴィナスがそれをカノンに言わないのはなぜだろう。カノンへの気遣いだろうか。それとも、知られては困ることがあるのか。

いや、聞けばいいのだ。シャーロットとオスカーが不仲という噂を聞いたが本当か。

レヴィナスは聞けば素直に話してくれるだろう。

カノンが逡巡《しゅんじゅん》している様子に気づかず、レヴィナスは今思い出したように口を開く。

「義姉上は皇都の西の外れに教会があるのをご存じですか？」

「皇都で一番古い教会でしょう？」

「ええ。――あの古びた教会があの方の礼拝の場所なのだそうですよ――」

レヴィナスの呟《つぶや》きに、そうとカノンが頷いたところでラウルが戻ってくる。

義弟はそのまま何事もなかったかのように、口を噤《つぐ》んだ。


太陽宮に戻ったカノンは、我が物顔で寛ぐジェジェに、本日の報告をしてみた。

「……というわけで、マイラ嬢の口からコーンウォル卿やオスカーの名前も出たんだけど。

ジェジェはどう思う？　なんだか厄介事の匂いがしない？」

「皇女がまた侯爵家を巻き込もうとしてんのかな。ヤダヤダ。ラオ侯爵家の次はディアドラ侯爵家！　皇女なんかに引っかかる奴らも奴らだけどさあ……」

カノンは頬杖《ほおづえ》をついた。

「警戒しちゃうよね……」

皇女が可愛い弟の軟禁を解いてやりたい、と奔走するのは理解できる。

だが軟禁中の謀反人の側に、カノンの異母妹が嫁ぐ予定の侯爵家の者を――縁者にすぎないとはいえ近づけるのは賢くない。

カノンは警戒するし、無駄に注目を集める。

そもそも皇女が『弟が可哀そうだ、解放してくれ』と人の目があるところで騒げば騒ぐほどルーカスは頑《かたく》なになる。ならざるを得ない。

恩赦を与えるにしろ「皇女の嘆願に負けて」皇帝がコーンウォルに慈悲を与えたという形にはしたくないはずだ。皇女は、それがわからないほど愚かな人でもないだろうに――。

わざとらしすぎる、のが引っかかるのだ――。

「ねえ、ジェジェ。明日は暇？」

「にゃ？　僕？　僕はいつでも予定しかなくて忙しいけど。お魚を食べなきゃだし、昼寝もしなきゃだし、セシリアと走らなきゃだしぃ、ブラッシングもしてもらわなきゃ」

「暇なのね、よかった！　明日は一緒に城下に行きましょう？　散歩の途中で目についた古びた教会で礼拝なんかしてみたりして――」

猫はひくひくと髭《ひげ》を震わせた。

「デートのお誘いは嬉しいんだけどぉ、カノンちゃん……、行く先がものすっごく面倒くさそうな匂いがするんだけど……」

カノンは逃げ腰なジェジェをもふぁっと抱きしめた。

「私、これから信心深くなろうかなって。――皇都で一番古い教会に行ってみない？」

「そこって明日アイツが来るところでしょ!?　危ないことするのよくないよ」

「ジェジェなら強くて賢いし、秘密も守ってくれるし。一緒だったら怖いことはないかな、って。期待していい？　ジェジェしか頼れないのよ」

「もー……今度だけだからね！」

仕方ないなあと白猫は髭を揺らした。

白猫はどうしてだかカノンには格別に甘い。

皇族を守る霊獣だから、皇族の傍系を母に持つカノンに味方しようという本能かもしれなかったし、単に猫の気まぐれなのかもしれないが、ありがたい。

カノンはふわふわのジェジェの頭を撫《な》でた。


翌日、今日は体調がよくないので部屋でのんびり本を読んで過ごすから、一人にしてくれと侍女に告げて、カノンは手早くメイド服に着替えた。

髪をゆるい三つ編みにして度の入っていない眼鏡をかけて足早に部屋を出る。

廊下を一つ二つ曲がったところで、あらかじめ隠れていたジェジェを見つけて合図をすると楽しそうに白猫はカノンに飛びつく。二人してテラスに出ると白猫は軽やかにその大きさを変えて、背中にカノンを乗せて、後ろ足で地上を蹴って上空に舞い上がる。

皇宮はルメクの城下をすべて見下ろせる遥《はる》か高台にある。高いところから城下を一望しながらカノンたちが目指すのは西の外れだった。

「空を飛んで城を出たの、近衛騎士にばれちゃったかな……」

上空を飛ぶ大きな白猫など、ジェジェしかいない。

たまたま警備の誰かが見ていたらこっそり散歩、は簡単にばれてしまう。

眼下に皇宮を認めつつぼやいたカノンにジェジェが「にゃは」と笑う。

「大丈夫、僕は見えても背中のカノンまでは見えないでしょ。それに僕って特別なお猫様だから。飛んでいる間の目眩《めくら》ましくらい、何とでもできちゃうよ」

自信たっぷりの白猫はあっという間に西の外れの上空に着いて、目指す場所の上空でちょんちょん、と前脚を動かした。

「あそこにジュダルは毎月通っているはずだよ」

「思ったより小さな教会ね」

皇都の西は国教会の古い施設が多い場所だ。

いくつかの歴史的な宗教施設が集まったそのさらに奥に、古びた小さな教会がある。

教会に向かう信徒らしき人々がちらほらと見えてきたのでカノンは彼らの目を避けて、少し離れた所にジェジェと一緒に降りた。

「今日はジュダル殿下が礼拝する日なのに、警備が緩いのね？」

もっとものものしい雰囲気を想像していたカノンは気が抜けた。

「この教会はルーカスの持ち物だし、移送も近衛騎士の精鋭が交代でやるし。めったなことはないと思うんだよねえ」

ジェジェはぽんっと音を立てて抱きかかえるのにちょうどいいサイズになると、甘えて喉を鳴らした。抱き上げてほしいらしい。

どうぞ、とカノンが手を伸ばすとぴょん、とジェジェはカノンの腕の中に飛び込んだ。

「訓練された近衛騎士も見張ってるし、ちょっとやそっとじゃ忍び込めない」

「そうなの？　遠目でいいからジュダル殿下を見てみたかったんだけど……無理かな」

落胆して肩を落とすと、むにゅっとした肉球がカノンの頭を撫で、軽い静電気のような衝撃が走った。

「カノンちゃんって僕が何者か覚えている？　可愛い白猫様ってこと以外に」

「……えっと。皇家を守る、霊獣……？」

「そ。徳の高ぁいお猫様なわけ！　なので、僕は色んなすごいことができちゃうんだよね。今、僕はカノンちゃんと僕の姿がお互いにしか見えないようにしてみました！　気配もわかんないと思いまっす」

「ええっ……？　そんなこと可能なの？」

「嘘《うそ》だと思うなら、教会前の衛兵に近づいてみなよ」

カノンは疑心暗鬼になりながらも衛兵に近づいて手を振ってみる。

彼らは全くカノンに気づかず、カノンは「本当だ、すごい！」と感嘆した。

「――誰だ!?」

衛兵がするどい視線を向けてきたのでカノンは慌てて口を閉じる。ジェジェも両前脚であちゃあ！　と顔を抑えた。

音は聞こえてしまうらしい。気配も消したとジェジェは言ったが、勘のいい人には音で気づかれてしまうのではないだろうか。

「どうした？」

「いや、女の声がしたような……？」

衛兵がおかしいなと首を傾《かし》げる。同僚が苦笑した。

「今日はあの方がおいでになるから、気が立っているんじゃないのか？」

「空耳かな。——そろそろ時間か？」

衛兵たちが時計を確かめたところで男女のひそやかな会話が聞こえてきた。

「ジュダル殿下」

痩身《そうしん》の背の高い男性が、衛兵の挨拶《あいさつ》に目線だけで答えた。

コーンウォル卿ジュダルだ。彼の隣にはヴァレリアがいて、その背後には付き従ってきたらしいマイラが見える。ジュダルが皇女と何か話すたび、さらりとした銀髪が頬にかかる。

皇族の特徴は珍しい光を抑えた銀色の髪だが、ジュダルのそれは明るく煌《きら》めいている。

穏やかな顔つきはいつだったかカノンが覗き見た幻影とあまり変わっていない。

礼拝堂の前方の席に座り、ジェジェと大人しくしていると。

「聖官がお見えのようです、お迎えに行ってまいります」

マイラが衛兵二人を連れて聖官を迎えに行き、ほんのひととき皇女とジュダルが二人きりになった。ジュダルは異母姉を見つつ、青い顔で首を振った。

「どうしてまたあの少女を連れてきた？　あなたとだけ話をしたかったのに」

おや？　とカノンは思いつつ忍び足で二人に近づいた。

予想に反して、ジュダルの声は迷惑そうだ。

「お気に召さないかしら。可愛い子でしょう？」

「子供を評価するつもりはありませんよ。まさかあんな少女を妾《めかけ》にしろとでも？」

存外、倫理観がある人だと妙な感想を抱きつつカノンは二人の会話に耳をそばだてた。

カノンの姿は見えず気配は感じないというものの、音を立てれば気づかれてしまうので息を潜《ひそ》めて聞き入る。

「妾だなんて可哀そうなことは思わないわ！　夢見がちな子供が囚《とら》われの王子様に興味津々《きょうみしんしん》だから連れてきただけ……。適当に相手をしてくれたらいい。なんの利害関係もない愛らしい子供と話すのも、一時の気晴らしにはなるでしょう？」

くすくす、と。何が楽しいのかヴァレリアは笑っている。

「ただの小娘ならね。彼女はディアドラの血縁者だ。余計な気を使う」

「気にすることはないわ。彼女はディアドラの一門と言えど傍系よ」

「とぼけないでください。ディアドラ侯爵の婚約者は、シャント伯爵の異母妹ではないですか
――？」

自分の名前が出たのでカノンは思わず背筋を伸ばした。

にゃ、とジェジェが驚きの声をあげそうになったので、慌てて口を塞ぐ。

幸いなことに二人はカノンとジェジェには気づかずに会話を続ける。

「シャント伯爵とシャーロット嬢は不仲と聞きますよ。不仲な異母妹の身内と私が親しくしていると思われたら……未来の皇妃は、そしてルーカスはどう思うでしょう？」

警戒しますね、とカノンは神妙な顔で突っ込んだ。

実際、厄介だと感じたので、カノンはこっそりと様子を見にきてしまっている。

「ルーカスの不興を買えば、彼は私の軟禁を続けるでしょう。姉上はそれを望んでいるのですか？」

苛々《いらいら》としながらジュダルが爪《つめ》を噛む。

その横顔には疲労の色が濃い。体調が悪いというのも嘘ではなさそうだ。

「ヴァレリア。私は皇位には興味がない、そうルーカスに伝えてください。公の位を剥奪《はくだつ》してもらってもいい。伯爵の位でももらえれば田舎《いなか》でのんびり過ごすと……。そもそも、結婚を機に私に恩赦を与えてくれるのではないのですか？　……古来それが慣例でしょう!?　——自由のない生活はもううんざりだ」

カノンの腕の中で、ジェジェがぷすーと鼻を鳴らし、小声で囁く。

「相変わらず勝手を言うねえ。伯爵位なら我慢する、だってさ」

ジュダルへの嫌疑――ルーカスの暗殺だが――の証拠が出てくれば、彼は今この瞬間にも処刑されてもおかしくない。

そもそも、状況証拠だけ見れば明らかに有罪。皇位継承の問題もあるにしろ、物証がない、という一点だけで刑の執行を猶予されているともいえる。

軟禁は皇族ゆえの恩情だろうし、万が一、皇帝の結婚でルーカスが国教会との折衝で彼の罪を許し軟禁を解除したとしても伯爵位はおろか爵位を渡すとは思えない。

よくて平民に身分を落とされ一生監視付きの生活だろう。

「そもそも私の何が悪かったというのか。私はただ、己の権利を正しく主張しただけだ！」

小さな、しかし悲痛な声でジュダルは嘆く。

「わかるわ。可哀そうな弟……」

ヴァレリアは同意し、弟の顔を覗《のぞ》き込んだ……。

ジュダルはどこか焦点の合っていない瞳でヴァレリアを見返した。

「あの当時……まだ、ルカは未成年だったではないですか？　成年皇族だった私が皇位を望むことの何が悪かったのです？」

問題は皇位継承を主張したことではなく、ルーカスの暗殺計画だが、そのことはジュダルの記憶からは都合よく消えているようだ。

ジュダルの声が低くなる。

「皇位を放棄することは、そもそもルカの望みでもあったのに！」

——皇位を放棄？

思いがけない言葉が出てきた。カノンは思わずジェジェを見て目線でどういうこと？　と問うたが、猫はニヤニヤと人の悪い笑顔で嘆くジュダルを見ている。

「——皇女殿下。聖官様がお見えになりました」

マイラが戻ってきたので皇族二人は今までの表情を消し去って笑顔になる。

現れた初老の男性はカノンも見たことがある聖官で、彼が礼拝をとりしきるらしい。

礼拝は決められた作法通りに粛々と進む。国の繁栄と平安を祈り日々の暮らしを神に感謝し先祖の魂の安寧を祈る。なんら特別なことのない礼拝だった。

聖官は手にしていた教書をジュダルに差し出した。

「殿下、どうか罪の告白を」

「神の御心のままに」

——実際に罪を告白するわけではない。

人は生きているだけで罪を背負う。その罪を定期的な礼拝によって雪《すす》ぐ……ジュダルもその作法に従っているだけだ。慣れた仕草で老人が教書を開き——

瞬間、覚えのある青い光が眼前にあふれ、カノンはその眩《まばゆ》さに目を閉じた。

◆

季節は冬だ。

広々とした部屋には西国から輸入されたと思《おぼ》しき毛足の長い絨毯《じゅうたん》が敷き詰められている。カノンはどこかでその絨毯を見たことがあると思った。

ぱち……と暖炉の奥で火が爆《は》ぜる音がして、カノンははっと我に返った。

周囲の色はモノクロ。時刻は夜らしい。

暖炉を囲んで幾人かの人たちが談笑している。近くにいるのに聞こえるのは細切《こまぎ》れの音だけで、なかなか声に変わらない。

――何を話しているのかとカノンが意識を集中させると、話題の中心にいたらしき男性が微笑みながら自らのグラスにワインを注いだ。

眼鏡の奥で細められた目は優しい。

（夢。夢、か。私は許されるのならば、大陸中を回る冒険家になりたいと思っていたよ）

男性の声が鮮明な音で耳に飛び込む。――途端にざわざわとした周囲の音がおさまって、周囲の声がクリアに聞こえ始めた。

男性の隣にいた貴婦人が微笑んで口元を押さえた。

（冒険家だなんて。――母を置いてどこへ行くつもりなのです？）

男性が注いだワインの色は、皇族の瞳の色だ。彼がそれを口に含んだ途端、彼の唇に色が戻る。瞳にも。瞳はグラスに注がれたのと同じ色。血の赤だ。

カノンは周囲を見渡して、この部屋にいる人物が皆、赤い瞳をしていることに気づいた。

男性の隣にいる貴婦人には見覚えがある。

「……ダフィネ様？」

カノンの記憶よりもずっと若いが間違いなく皇太后、ダフィネだ。

では、彼女を母と呼ぶ青年はジークフリート……、ルーカスの父親だろう。

ジークフリートは母と自分の隣に座っている女性に向かって優しく語っている。

罪のない、平和な夜だ。

（置いていくだなんて！　諸国を共に巡りましょう、母上！　南には、まだ地図に記されていない大陸があり、まだ見ぬ生物も存在するとか！）

（皇太子殿下はすぐ夢物語ばかり。ルーカスが呆れてしまいますわ）

カノンは息を呑《の》んだ。女性の隣にまだあどけない顔をした少年がいた。

「ルーカス……！」

カノンが名前を呼ぶと少年は顔を上げてこちらを見た。

不思議そうに首を傾げる。――カノンに気づいたわけではなさそうだ。

（怒らないでくれ、妃《きさき》よ。何もいますぐ旅立つわけではない。僕たちの息子が成長し、皇位を

継いだ後のことだ。旅先では、未知なるものが、僕たちを待っている）

幼児のルーカスが暖炉と父親の顔を見比べて、真面目《まじめ》くさった表情で尋ねた。

（私も一緒には行けないのですか？）

ジークフリートは息子に微笑む。

（皇族が全員、国を出ることは許されない。誰かはこの国にいなければ。――もしも私に何かあったら、おまえが皇位を継がなければならないのだし……おまえは留守番かなあ）

皇族全員が国を出ることは許されない――というのは初耳だ。

そういう国法があっただろうか？

（皇族に生まれたからには仕方ないのだよ、ルカ――そう定められているのだ）

（それでは私はどこへも行けぬではないですか。私が決めたわけではないのに？）

（拗《す》ねるな、ルカ。――誓約は守らなくては。初代皇帝は約束したのだから……）

皇太子から髪の毛をくしゃりと撫でられ、くすぐったかったのか、ルーカスが小さく笑う。

――だが、次の瞬間には大勢が嘆く声が聞こえてきて、画面が切り替わる。

ノイズが走ったかのように映像がぶれる。

（……父上。母上……）

カノンが次に立っていたのは大聖堂だった。

曇天の下、大聖堂の鐘が鳴り響いて正午を告げる。

大聖堂の裏にある歴代の皇帝が眠る墓地では、幾人もの喪服の男女が立っていて、彼らを守るように黒衣に身を包んだ騎士たちが整列していた。

地中に埋められていく黒い棺《ひつぎ》を少年と老人が並んで見つめている。

老人は無表情で、少年も蒼褪めた顔で唇を噛んでいる。

棺がすべて土に隠れると大神官がなにやら言葉を述べ、老人は騎士たちを連れて踵《きびす》を返す。

少年は足を地面に縫い付けられたかのように、その場を離れない。

(お可哀そうな皇子殿下……お一人残されておしまいになって)

(皇太子にはルーカス様が？　それともジュダル殿下が……？)

少年は唇を噛み、ジュダルは悲痛な表情を浮かべて甥の細い肩に手を置いた。

(ああ、ルーカス。おまえだけでも無事でよかった。こんな不幸な事故が起こるなんて)

事故、とルーカスが虚《うつ》ろに繰り返す。

皇太子夫妻は不幸な事故で死んだと言われている。公務に向かう途中、落石にあったと。

(だが、父上だけではなく私も側にいる。何も心配することはないのだ……皇位のことも心配はいらない――おまえが大きくなるまで私が継いでもいいのだから……)

ルーカスの背後で、ジュダルがほんの一瞬、唇を笑みの形にする……。

場面が再びうつろい、かなり背が伸びたルーカスが暗い場所で誰かと対峙《たいじ》している。

ヴィステリオン侯爵とその弟を引き連れたルーカスが視線をやるのは、牢《ろう》の中のジュダルだった。ヴィステリオン姉弟に席を外すように命じ、鉄格子に縋《すが》りつく叔父に尋ねた。

（叔父上。なぜです？　なぜ——彼らに毒をもったのです？　彼らはただ、私に忠実な騎士であっただけなのに……）

（誤解です、陛下！　これは、濡《ぬ》れ衣《ぎぬ》だ。私に罪を着せようとしている誰かが？）

ルーカスの厳しい視線に射られ、ジュダルは言葉に詰まり、口調が一変した。家族としての情に訴えようとしているのか、親しげなものに変わった。

（ルーカス。誤解だ！　私はおまえを殺そうとなどしていない！　——我らは数少ない皇族だ。助け合わなくては……）

くっ、とルーカスが喉を鳴らした。

（都合のいい時だけ血のつながりを主張するな……父母だけでなく俺も殺さねば安心できないか？　俺を庇った騎士はもう二度と剣が握れない。そうまでして皇位が欲しかったのか？）

（兄上たちを殺してなどいないっ。誤解しないでくれ、私は皇帝になりたいと言ったのではない。君が成長するまでその役を請け負うと言っただけ。それを周囲が誤解して……）

切々とジュダルが訴え、叔父の泣き言をルーカスは無表情で聞いていた。

（おまえは皇帝になりたくないのだと思っていたのだ、甥よ。兄上と同じで自由に生きていたいのだと……だから……私は……）

ルーカスが鼻を鳴らす。

(なりたいかどうかなど、考えたこともない。俺はそうなるために生まれた。だからなる、それだけだ。——俺の希望を勝手に推測するな)

ジュダルの手が伸びてルーカスの外套《がいとう》を掴む。

それを払ってルーカスは踵を返した。

(誓約など関係ない。俺は自分の意志でここにいる。俺のためなどと今更、善人ぶるな。玉座が欲しいなら、堂々と奪いにくればよかった——)

映像が再び乱れ、カノンは頭痛に頭を押さえた。


「——ちゃん、カノンちゃん？」

可愛らしい声がカノンの名を呼ぶ。

カノンは明るくなった視界に、目を瞬《またた》いた。

——白昼夢……？

少し先にはジュダルがいる。先ほどまでカノンが見ていた映像から年齢を重ねたジュダルが、教書から手を離すところだった。

「——殿下の魂が清められますように」

定型句を述べて、聖官は教書を両手にとった。

先ほどまで見ていた白昼夢。もたらされた感覚にはカノンは覚えがある。

皇宮図書館にある、ゲームのセーブデータを作成する小部屋に入った時と同じ感覚だ。

カノンだけが入室できる殺風景な小部屋には、攻略対象たちの業が刻まれた本が並べられていて、それには彼らのトラウマや原因となった出来事が記録されている。

しかしここはあの小部屋ではないのに、まるでルーカスの記憶を覗き見たかのようだった。

カノンは、あ、と声をあげそうになって慌てて口をつぐんだ。

忘れていたけれど西の外れの教会、というのはゲームの中にいくつかあるセーブポイントの一つ「廃教会」ではないだろうか。

ゲームと違って古いながらも今も使用されているので、そうだとは気づかなかった。

『セーブデータ作成場所に攻略対象と一緒に訪れると、彼らの業や記憶を覗ける』

カノンが見つけたこの世界での数少ないルールの一つだ。

しかし、攻略対象はここにいないはずなのに、なぜ引き込まれてしまったのだろう――。

考え込むカノンには気づかず、ヴァレリアとジュダルは立ち上がった。

短い間の面会だったが、彼らはこのまま別れるらしい。

「来月まで、またお会いできませんね、姉上。この状況がいつまで続くのか……！」

ヴァレリアが笑顔でジュダルの顔を覗き込み、赤い瞳同士が見つめ合う。

頭痛がするのか、ジュダルが右のこめかみを押さえた。

「大丈夫よ。次はもっと早く会いに来るわ、弟。――ああ、そういえばルーカスはしばらくの間、避暑に行くのですって」

カノンは顔を上げた。やはり、皇女の耳にも入っていたらしい。

「司書姫と別荘に行くの。ルーカスがいない間、皇太后陛下に謁見を申し出ましょう？　お願いすればあなたの待遇もよくなるのではないかしら――」

「……皇太后に、謁見……申し出……」

どこか虚ろな口調で呟く弟の耳元で皇女が囁く。

「皇太后は慈悲深いお方だもの。あなたの願いを無下にはしないわ」

――くれぐれも皇太后とジュダルを会わせないように侍女たちに伝えておかなければならない。ジュダルを見送った皇女の元に護衛らしき黒衣の騎士が近づいてきた。

「楽しそうですね、ヴァレリア様」

「可愛い弟と会えたのだもの。嬉しいわ」

「よくいうぜ。あんたに誰かを可愛いなんて思う感情があるのか？」

「失礼ね。――ジュダルのことは昔から、愚かで可愛いと思っているわ……。自分の恵まれた立場を理解せず、いつも周囲に甘えてばかりいて。困った子」

皇女の言葉はどこか皮肉げだ。

「私がジュダルだったならば、もっとうまく立ち回れたわ。昔も――今もね」

微笑んだ皇女が見上げた騎士の横顔に、カノンは「ぎゃ」と声をあげそうになる。

「……あの人！」

何度かカノンが会ったことのある右目の上に刀傷がある騎士だ。

カノンの母イレーネの友人だったと言い、カノンに嘘をついて恥をかかせようとした男。

かと思えば先日の東部の騒動では彼はカノンに黒鉱石をくれた。そのヒントのおかげで、カノンは天馬にたどり着けた。

──その彼がなぜ、皇女と一緒にいるのだろう。

黒鉱石の件をカノンに教えたのは、彼にとっては不利になるだろうに……。

近づこうとしたカノンの足下にザシュ、と何かが飛んでくる。

カノンはひゅ、と喉を鳴らした。すぐ側の地面に短剣が刺さっている。

ジェジェも「にゃ」という鳴き声を発しそうな形で口を開けて、その場で固まっている。

──まさか、気づかれるとは思っていなかったらしい。

「どうしたの？」

「そこに何か……」

騎士がカノンを見据えながら呟いた時、衛兵が慌てて駆けてきた。騎士の意識が逸れたのを幸い、カノンはずるずるとその場にへたり込む。

ジェジェも目を真ん丸にして尻尾《しっぽ》を太くして固まっている。

「いかがなさいましたか！　皇女殿下」

「気のせいだったみたい……風の音よ」

気にする様子もなく皇女が踵を返し、黒衣の騎士がゆっくりと近づいてくるのでカノンは音を立てないように可能な限り短剣から遠ざかった。短剣を引き抜いた騎士が冷たい目でこちらを窺《うかが》う。彼が鋭く短剣を一閃《いっせん》させカノンの鼻先を白刃が掠《かす》めていく。

「――ッ」

叫ばなかったのを褒めてほしいし、目が合ったと思うのは、気のせいであってほしい。

「ゼイン――どうかした？」

「いや？　――鼠《ねずみ》はいないな」

ゼインと呼ばれた騎士は、微笑むと短剣をしまう。

皇女と共に去っていった。

「ば、ばれてないよね……」

「僕の擬態は完璧だもんッ……！　たぶん！　はにゃあ～……怖かったよ～」

心もとないジェジェの嘆きを聞きながら、カノンはその場ではぁっと息を吐いた。

# ★第三章　望まない和解

タミシュ大公が婚約祝いに皇帝に贈った別荘は皇都の北西、イーザの街にある。

皇都よりも高地にあり夏は涼しく過ごしやすく、大きな湖があるのでボート遊びも湖畔や森の散策もできる美しい土地だ。

そう聞いたカノンは訪れるのを楽しみにしていた。

そもそも建国当時は皇帝の直轄地だったので長い歴史の中で、様々な折に褒賞として大公や侯爵家に分割して下賜《かし》された、らしい。そういう事情のある場所なので今、この一帯を所有しているのは大公家や一部の侯爵家で、別荘地で暮らす人間は少ない。

住民は貴族に雇われた管理人やその家族が主。

大きくなったジェジェの背に乗って空を飛べばあっという間に別荘地に到着した。ジェジェの背中からトン、と降りてカノンはくるりとあたりを見渡す。

「ジェジェ、乗せてくれてありがとう。ルカ様、あれが別荘ですか？　綺麗《きれい》なお屋敷ですね」

目に飛び込んでくる緑の木々の眩《まぶ》しさに目を奪われる。門の向こうには青い屋根の屋敷。事前情報通りなら、これがベイリュートがくれた別荘だろう。

「ベイルが何年か前に建て直したと聞いた」

「庭も素敵ですけれど、特に青い屋根が可愛《かわい》いと思いません？」

「……屋根だな。雨露を防ぐには問題なさそうだ」

「他《ほか》に感想はないんですか……！」

屋根の色が可愛いというカノンの感想にルーカスは引っかかったらしく首を傾《かし》げている。

現実的なルーカスらしい。

「イーザは閑静なところなのですね――皇都の喧騒《けんそう》が嘘《うそ》のよう」

「静かな土地の方が好きか？」

屋敷に向かって歩きながらカノンは答えた。

「ルカ様ほどではないかと。私は賑《にぎ》やかな場所も好きですよ――いつだったか、二人で参加した納会は楽しかったですね」

納会という皇宮の外宮で開催される使用人たちの集いに、ルーカスと行ったことがある。厳密にいえばカノンとレヴィナスとで遊びに行って、そのあとルーカスと合流したのだが。

買い食いをしたりみんなでダンスをしたり、皇宮の人々との交流は楽しかった。

「気に入ったのならまた忍び込むか」

「ばれませんか？」

「変装すればいい」

ルーカスは髪と目の色を変えて様々な場所に忍び込む。

「皇帝と似ているただの騎士ですが」というフリをして皇宮の外にも気軽に行ってしまう。あまりに堂々としているので周囲も皇帝だとは思いもしない。

そもそも魔力も強いので危ない目に遭っても大抵は自分でなんとかするし、いつもけろりとはしているが、護衛は心休まる暇がないだろう。

「変装してみようかな。私の髪と目の色が変わっていたら、ルカ様は気づきますか」

「俺《おれ》は姫君が猫の姿をしていても気づく」

「本当？」

さらりと紡《つむ》がれた言葉に照れていると、ジェジェが足元でにゃーと不機嫌に鳴いた。だっこ、とばかりにしがみつくので抱き上げるとごろにゃんと甘えてくる。

「カノンちゃんが猫になったら、僕と結婚しよっ！」

「……ええっ……」

ルーカスとカノンばかりが喋《しゃべ》っているので寂しくなったらしい。

白猫は寂しがり屋で、いつでも話題の中心にいるのが好きだ。

ここまで乗せてくれたのに感謝が足りなかったかも、とカノンは白猫を抱き上げた。

ルーカスはチッとジェジェに舌打ちしたが、ここまでジェジェに乗せてもらった恩義があるからか、それ以上は沈黙していた。門までたどり着くと先回りして別荘に到着していたキリアンが屋敷から出てきて、二人を笑顔で出迎えてくれた。

「お待ち申し上げておりました。陛下。カノン様」

「僕もいるよ、キリアンっ！」

「ジェジェもいらっしゃいませ。――お疲れでしょう、さあ中へ」

屋敷の中はベイリュートが「使っていない」と言っていた割に、綺麗にされていた。通された主賓室の調度品もすべてが真新しい。キリアンとベイリュートで新調してくれたらしい。

タミシュ大公ベイリュートの異母兄でもあるキリアンは弟と連携しつつ屋敷を整え、護衛や侍女を手配してくれていた。午後には飛竜に乗った騎士が数人到着して護衛に加わるはずだから、少し賑やかになるかもしれない。

「とにかく、お二人が無事に到着なさって安堵《あんど》いたしました。――陛下、タミシュ大公から伝言をお預かりしています」

ルーカスはキリアンからカードを受け取って少し呆《あき》れたような表情を浮かべた。

カードには流麗な文字で『人生には休養が必要だよ』と書いてある。

「ベイリュート様らしいですね」

「あいつは休みすぎではないか？　とっとと試算しろとずっと要求している公路の改修案が、いつまで経《た》ってもあいつから出てこないんだが……」

キリアンが「お伝えしておきます」と恐縮する。

「カノン様にはこちらを――一階の奥にある図書室の鍵をお預かりしています」

「図書室の！」

「カノン様がご興味がありそうな古い魔術書が幾つかありましたので後でお持ちいたします。――神話や歴史書もありましたので、そちらも……それから、最近はカノン様が詩集をお好みだと聞きましたので何冊か大公閣下からお預かりしています。あとでご案内しましょう」

詩集も古代語で書かれたものばかりと聞いてカノンは頬《ほお》を緩めた。

昔の本を読めるのは嬉《うれ》しい。

「嬉しい――ベイリュート様にもよろしく伝えておいてね」

天馬から聞いた話を本にするにも、当時の様子をもっと知っておきたい。

それに初代トゥーラン皇帝がどんな人だったのかも気になるし。

「イーザの街はいかがでしょうか？　もしよろしければご案内いたしますが……」

「涼しくて過ごしやすいし綺麗な土地ね。シュート卿とラウルも一緒に来たかったな」

二人とも安全面を心配してこの旅に随行したいと言ってはいたのだが、ルーカスが笑顔で拒否していた。

「仕方がない。あいつらは皇都でやるべきことがある」

「やるべきことですか？」

「色々とな。シュートは俺の護衛ばかりしていても仕方ない。そろそろ護衛の任を解いて近衛《このえ》騎士団の業務に専念させるべきだな。あいつは楽ばかりしようとする」

「シュートが聞いたら泣きますよ。陛下の護衛より重要な仕事など彼にはないのですから」

なだめるキリアンにルーカスは肩を竦《すく》めた。

シュートは皇帝と親しい。そしてルーカスに剣術で勝るからルーカスの警護を任されている。

ただ、侯爵家の三男という身分からいっても第三部隊の長を任されていていい立場である。

「そもそも、キリアンが復帰した時にラウルはともかくシュートから事務仕事はすべて取り上げればよかったな。大抵のことは、おまえがいたら事足りる」

「そのようなことはございませんが……」

「褒め言葉は素直に受け取っておけ」

「ありがとうございます、陛下」

青年の澄ました表情とは裏腹、ぴょこ、と嬉しそうに動く耳が何だか可愛い。

シュートもだが、キリアンも己の主が好きすぎる。

二人とも子供の頃《ころ》からルーカスに仕えているから忠誠心は篤《あつ》いのだ――。怪我《けが》がなければ、今でもキリアンは近衛騎士団に所属していただろうなと考えるとやりきれない心地になった。

「俺がここに来るまで特に何もなかったか、キリアン？」

キリアンは顔を曇らせて侍女に下がるように命じると実は、と切り出した。

「屋敷に直接関係あることではないのですが。近くの屋敷の人間が見知らぬ異国の者が彷徨《うろつ》いているのをとがめて——小競り合いになったようです」

　イーザは避暑地だが所有者は高位貴族ばかり。観光地のように宿泊できる施設はほぼないので異国人は少ない。高位貴族とその縁者、使用人が出入りするくらいだ。

「護衛が怪我をしたので治癒《ちゆ》師を呼んだらしいのですが……その傷が……」

　キリアンの声が暗くなる。

「治りが悪く、どうも、黒鉱石に斬られたような傷だったそうで……」

　ルーカスがすっと、目を細めた。

「黒鉱石製の武器を持つ異国人がうろついている、か。物騒だな」

　異国人、黒鉱石、皇帝の避暑地周辺をうろついている……。

　東部で行方知れずになった黒鉱石のことや、皇女の名前を出して死んだセネカ・ラオの発言を考えれば、なんとも不穏な内容だがルーカスは楽しそうだ。

「皇女が関わっていないといいが」

「……期待に満ちた口調でおっしゃらないでください」

　キリアンはため息をつき、空気を変えるべく明るい声で言った。

「屋敷の中は安全ですので、ご心配なさらず——それよりも屋敷の中をご案内いたします」

　キリアンはうきうきとカノンとルーカスを連れて屋敷の中を案内した。

　貴賓室や食堂や眺めのいい南に面した部屋、温室などを案内して最後に寝室に通されて、カノンは固まった。

「調度品は新調したのですが。お気に召したでしょうか」

「……えっ……」

カノンの目が泳ぐ。白を基調にした壁も深い緑色のカーテンも上品で美しい。何ら問題がない、のだが。――広い部屋にベッドは一つきり。

そもそも恋人という設定で今まで過ごしてきて、皇都でもカノンの部屋にルーカスは頻繁に訪れて（表向きは）一緒に使っているのだから、この配置に何らおかしいことはない。

「趣味がいい。ベイリュートに礼を言っておいてくれ」

ルーカスは部下を褒め、キリアンはようございました！と胸を撫《な》でおろした。

寝室についてはカノンとルーカスの事情を知らないキリアンやベイリュートにとっては当たり前の処置だろう。キリアンが侍女に呼ばれて部屋から出ていく。

――ルーカスは楽しげに椅子《いす》に座った。

「何か言いたいことがありそうだな、カノン・エッカルト？」

「……ベッドが一つしかないですし。私、床で寝てもいいですか……？　きゃっ！」

呻《うめ》くようにいうと、腕を引かれて隣に座らされた。逃げないように左腕を掴《つか》まれて、顎《あご》に指を添えられる。

「なぜ、床に寝る必要が？　――二人で充分休める広さだ」

「で、でもっ……！」

ルーカスは無邪気な顔で、うん？　と首を傾げた。

最近自覚したのだが、どうやら自分はこの顔に弱い。赤い瞳《ひとみ》で見つめられるとソワソワといたたまれない心地になってしまう。ルーカスは絶対にわかってやっている。

「でも？　何か困ることがあったか？」

ぐぬぬ、と呻くカノンの額に自分のそれをくっつけてルーカスは低く笑った。腹が減った獣が笑ったらこんな感じだろうか。

「結婚するまでは、貴族令嬢は婚約者と床を共にしませんよね？　ふしだらと後ろ指を指されます」

「今更だ。そもそも寵姫《ちょうき》なのだから事があってしかるべき、だ。誰《だれ》も俺たちの関係が清いままとは思わないだろう。いい機会だ。君は覚悟を決めろ。それともこの期《ご》に及んで嫌だと逃げるか？」

うっ……とカノンは視線を逸《そ》らした。嫌じゃない。だけれど、そういうことは結婚式の後だと思っていたのでどうしても及び腰になる。

「……嫌なわけでは、決してない、ですけど……」

「けど？」

ルーカスはひたすら楽しそうである。

「覚悟ができていないので。そ、その……し、心臓が止まるかも……」

絞り出すように言うと、ルーカスは堪《こら》えきれないとばかりに噴き出した。

「はは、初夜前に花嫁に死なれては、俺も立つ瀬がないな」

ひっくりかえって笑う姿に腹を立てて軽く殴るが、それでもまだ身体《からだ》を折って笑っている。

「面白がらないでくださいっ……！　真剣なんですっ……！」

くっくっ、と笑いの発作を収めたルーカスがカノンの額を指で弾《はじ》いた。

結構痛い、とカノンはむくれた。

「俺は今すぐでも、結婚式の後でも姫君が望めばどちらでもいいんだが――狼狽《うろた》える姫君を観察できるのは今だけだと思うと、それを楽しめないのは少々惜しい気もする」

ようやく笑いを収めたルーカスがなだめるように口づけをくれる。

口づけは好きだ。柔らかくて心地がいいから。

「駆け引きを、どこかで練習してきた方がいいですか？」

上目遣いで攻めるとルーカスは肩を竦めた。

「百戦錬磨のカノンに翻弄されるのも、それはそれで楽しいだろうが――願わくば、俺一人を好きでいてくれた方がいい」

「他にはいませんよ……知っているくせに」

「どうだろうな？　君には信奉者が多い。ラウルはともかく、神官も、ベイルも――近いところではキシュケ・ランベールも君を気に入っているだろう」

「皆、大切な友人です」

「友人と言えばミアシャ・ラオは俺よりも君を好きなのではないか？　だんだん俺への小言が増えてきて辟易《へきえき》しているんだが――皇帝に忠誠を誓うべき侯爵のくせに、不敬だ」

「ラオ侯爵は私の義理の姉ですから。陛下より私を好きなのは仕方ないと思います」

「以前は俺を好きなふりをしていたくせに、最近は俺の顔を見ると舌打ちする勢いだぞ？」

冗談めかして言ったカノンの髪にルーカスが触れた。優しく指が髪を梳《す》いていく。

「……それに君の義弟も君が好きだ」

「大切な家族ですから」

間髪入れずに言ってから、なぜか胸がちくりと痛む。

レヴィナスは家族だ。パージル伯爵家で唯一カノンに親切にしてくれた優しい弟――。

だが、レヴィナスは最近様子が妙だと感じる。会えばいつも通り優しいけれど――。何か、以前のようにすべてをカノンに話してはくれていない気がする。彼もパージル伯爵になったのだから、もはや家門ではないカノンにすべて明かせないのはわかるが――。

考え込むカノンの額に指が触れた。

「眉間《みけん》に皺《しわ》」

「指摘しないでください、って前にも言いませんでしたか⁉」

「避暑に来てまで難しいことを考えなくてもいいだろう」

「……それはそうですけど。そもそもここにはゆっくりしに来たんですか？　本当に」

「うん？」

「ルカ様は、皇女殿下が何か仕掛けてくるのを楽しみに待っているような気がするのですけど──どちらかと言えば、そちらが主目的なのかと」

カノンとルーカスがイーザに来たのは、言わば撒《ま》き餌《え》だ。皇女がひっかかりはしないか、留守中の皇都で何かを起こしてくれないかとルーカスは心待ちにしているフシがある。

「巻き込んだカノンには悪いが──付き合ってもらう。何もなければそれでよし、皇女が何かしでかせばそれはそれで、よし……」

歌うようにルーカスは言った。

「いつ敵に転じるかわからない相手に周囲をふらふらとされるのは面倒だ──決定的な悪事をしでかしてくれて、視界から退場する理由をくれるのならばその方がいい」

「ルカ様が言うと説得力がありますね」

──明らかに己に対して悪意があるのに──そして実害も出ているのに──地位と誓約ゆえに周囲をふらふらとしている皇女はルーカスにとっては常に悩みのタネだろう。

「俺にとっての皇女は──君にとってのシャーロット・パージルかもな」

「私はシャーロットに表舞台から退場してほしいとまでは思いませんよ？　遠くにいてくれた

アイリスNEO 20
著者：天壱　イラスト：鈴
日々の努力で本来のゲーム
約者候補の発表がされて
IRIS ICHIJINSHA
一迅社文庫ア
毎月20日頃発売!!
コミカライズ好評連載中!!
「聖獣番」の
進みません！
り令嬢と聖獣騎士団長の
コメディ第9弾！
『引きこもり令嬢は話のわかる聖獣番9』
著者:山田桐子　イラスト:まち
聖獣のお世話をする「聖獣番」として働いている伯爵令嬢ミュリエル。色気ダダ漏れなサイラス団長との結婚時期が決まり、二人で準備を始めるはずが……。もうすぐ冬眠する聖獣達からのお願い事でそれどころではなくなり!?
聖獣ラブコメディ
文庫判／定価:790円(税込)
コミカライズ好評連載中!!
人気シリーズ第4弾登場！
悪役を待つ最悪の未来を回避し
皇帝と結婚するはずが、
避暑地で新たな破滅の予感!?
『皇帝陛下の専属司書姫4
闇堕ち義弟の監禁ルートは回避したい！』
著者:やしろ慧《けい》　イラスト:なま
悪役に転生してしまった私。攻略対象でラスボスの皇帝ルーカスとの婚姻を控えたある日、訪れた避暑地に伯爵位を継いだ義弟と義妹《ヒロイン》が突然現れる。新たな破滅の予感は味方だと信じていた義弟で!?　悪役令嬢のお仕事×契約ラブ第4弾★
ゲーム転生×お仕事ラブファンタジー
文庫判／定価:790円(税込)

# IRIS 一迅社文庫アイリス

## 2024年4月刊　4月19日(金)発売予定!!

予価:790円(税込)

**『偽聖女にされましたが、幸せになりました　平民聖女と救国の王子(仮)』** (ラブファンタジー)

著者:霜月 零　イラスト:一花 夜

年に一度の結界式で、一度も失敗したことがない国を守る結界が張れなかった聖女ルーナ。彼女はそのせいで、婚約者に偽聖女だと咎められ、魔物がひしめく魔の森へと飛ばされて!?

**『塔から降りたら女伯爵にされてました2(仮)』** (ラブファンタジー)

著者:かいとーこ　イラスト:黒野ユウ

戦場近くの守りの塔で働いていたら、なぜか女伯爵になっていたエレオノーラ。彼女がその現実を受け入れ始めた頃、幼い弟が来たことで婚約者である憧れの王子の甘さが加速して!?

## 第13回New-Generationアイリス少女小説大賞作品大募集!!

一迅社文庫アイリスは、10代中心の少女に向けたエンターテイメント作品を募集します。ファンタジー、ラブロマンス、時代風小説、ミステリーなど、皆様からの新しい感性と意欲に溢れた作品をお待ちしています!

詳しい応募内容は、文庫に掲載されているNew-Generationアイリス少女小説大賞募集ページを見てね!

**表彰・賞金**

**金賞**　賞金100万円＋受賞作刊行

**銀賞**　賞金20万円＋受賞作刊行

**銅賞**　賞金5万円＋担当編集付き

第13回New-Generationアイリス少女小説大賞締め切り **2024年8月31日**(当日消印有効)

※選考に関するお問い合わせ・質問には一切応じかねます。※受賞作品については、小社発行物・媒体にて発表いたします。

## 一迅社文庫アイリス　既刊絶賛発売中!!

『竜騎士のお気に入り10　竜の祈りと旅立ちの空』

著:織川あさぎ
イラスト:伊藤明十
【通常版】定価:790円(税込)
【特装版】定価:1200円(税込)

『注文の多い魔法使い2　最強魔術師の溺愛花嫁は伝説の魔獣の番にされそうです!?』

著:花坂つぐみ
イラスト:桜花 舞
定価:790円(税込)

『騎士団食堂の推し活令嬢　最推し騎士団長の神対応が甘すぎます』

著:瀬川月菜
イラスト:仁藤あかね
定価:790円(税込)

『孤高の悪女は堅物旦那様に甘やかされたい　―悪妻ですがあなたのことが大好きです―』

著:藍川竜樹
イラスト:くまの柚子
定価:790円(税込)

『ランバート公爵家の侍女はご領主様の補佐役です　没落令嬢は仕事の合間に求愛されています』

著:佐槻奏多
イラスト:鳥飼やすゆき
定価:790円(税込)

らそれでいいです……」

「それは優しい」

茶化されたのでカノンは苦笑した。

「妹を嫌っていましたが、彼女自身というより、異母妹である彼女を嫌っていたんです」

無念のうちに亡くなった母。冷たい父。

その喪失が苦しくて、シャーロットの存在がなければもっと幸せだったのではないかと何度も思った。異母妹は憎いがシャーロット自身を憎めるほどには、カノンは義妹を知らないのだ。

知っていたら何か変わったか、はわからないけれど。

「まあ、皇女の出方はのんびり待つしかない。――何か起こればそれはそれでよし」

「私は平穏な休暇を望みます」

ルーカスの他人事《ひとごと》な言葉にカノンが渋面になっていると、キリアンが呼びに来てくれた。

「カノン様――図書室をごらんになりませんか？」

ルーカスを見ると「どうぞ」とばかりに無言で促されたので、カノンは一人で行くことにした。別荘は二階建てだが、東にある図書室は天井まで吹き抜けになっていて、三層に分けられていた。一階から三階まで壁際に本棚が備え付けられていて、階段で上っていく形だ。

大きな窓はなく、東向きに明かり取りの小さめな窓がいくつもある。太陽光が直接差し込まないように配慮してくれたらしい。

「図書室はいかがでしょうか、伯爵。一階と二階は大公家の蔵書で埋めつくしたのですが三階は伯爵の好きなものをそろえてはどうか、と」

「……感動で泣きそう……！　あっ……タミシュの神話大全がある！　これは古代語の聖書ね？　表紙に埋め込まれたのは魔石……？　こんな貴重な本をいただいていいの？」

「そこまでお喜びになるとは……」

「大公によくお礼を言っておいてね。ああ、でも私だけで見るのはもったいないな……児童図書館の分館にしたら駄目かな」

分類したい！　そして、こんな本がたくさんあるのだと勧めたい!!

「陛下も反対はなさらないと思いますよ。ただ、この街自体が貴族しか訪れないので少しもったいないですね」

キリアンは優しく賛成してくれる。避暑に来てまで仕事か、と呆れられそうだが、ここにいるうちにある程度蔵書を分類しようとカノンはうきうきと周囲を見渡した。

――キリアンを侍女の一人が呼びにきた。「少し外します」と言うキリアンを笑顔で見送り、カノンは視界の端に入った本に違和感を覚えて右を見た。

――既視感。

「どこかで見たような――」

手を伸ばし――次の瞬間、白い光に包まれて、カノンは見覚えのある場所にいた。

　がらんとした部屋に机と椅子、それから本棚には七冊きりの本。本の背表紙には「虹色《にじいろ》プリンセス」の攻略対象に割り当てられた、七つの大罪がそれぞれ刻まれている。

「ここ、セーブデータの場所……？　どうして……？」

　ゲームの「虹色プリンセス」でデータをセーブする場所に酷似《こくじ》した皇宮図書館の地下室に、カノンは入れる。

　ただし皇宮図書館に攻略対象がいる場合のみ地下室への階段は現れる。

「別荘にいたはずよ？　なぜ、ここに来たの？」

　口に出してから、カノンははっとした……。

　――避暑？　別荘？

　カノンの目の前を揶揄《からか》うように、ヒラヒラと本が舞う。

　黒い背表紙に描かれた業の名前は『傲慢《ごうまん》』。婚約者、オスカーの本だ。

　ずき、と頭が痛み、カノンはこめかみを押さえた。

　脳裏に男性の声が響く。これは、オスカーの声だ。

（あなたと会話を楽しむ気持ちになれないだけですよ）

——その台詞《セリフ》を聞いた刹那《せつな》、カノンは思い出した。

この場面はオスカールートで見たことがある——！

たしか避暑に来たシャーロットとオスカーの元に「ルーカス」と「カノン」が押しかける場面だった。あのルートでは恋人同士のシャーロットとオスカーを、皇帝ルーカスが邪魔していた。

カノンの脳裏に、ゲームのスチルと声が浮かぶ。

ルーカスはシャーロットとの面会を要求したが、オスカーは首を縦に振らない……。

(せっかく訪問した主君に対して帰れ、とはご挨拶だな、ディアドラ侯爵。会話を楽しもうとは思わないのか、君は？　——そして、君の麗しの恋人は、今どこにいる？)

(帰れなどと。陛下に無礼は申しません。陛下をお迎えする準備ができておりませんので日を改めたいだけです。そもそもシャーロットは体調不良で伏せっております)

(体調不良？　それは心配ね！　——私が看病してあげる)

脳裏に「カノン・エッカルト」の声も響く。高慢で冷たい本来の自分の声だ。

彼女は皇帝の威を借りて、シャーロットの恋人であるオスカーに重ねて問うていた。

シャーロットはどこにいる、連れてこい、と。

(看病は不要だ、カノン。シャーロットは僕が守る)

(婚約は解消したんですもの、馴《な》れ馴《な》れしく名前で呼ばないで——看病が不要ということはど

うせ仮病《けびょう》なんでしょう？　姉の私が会いたいと言っているのよ。義妹を連れてきなさい）

あの時、悪意に満ちた『カノン』は何かを企《たくら》んでいた気がする……何を、だったろうか。

執拗《しつよう》にシャーロットに会いたがり、オスカーに繰り返し要請するのだ。

シャーロットを出せ、と。執拗に会うことにこだわった理由はなんだっただろうか。

記憶をたどりながら、カノンは口を押さえた。

それにしても、すっかり忘れていた。――いや、ようやく思い出したというべきか。

印象的な青い屋根、可愛い屋敷。

これは本来――タミシュ大公からシャーロットが贈られた屋敷だった。

そして、この図書室は避暑イベントでのセーブポイントだ！

「避暑地の別荘が、地下室につながっているなんて……！」

頭を抱えたカノンを嘲笑《あざわら》うかのようにくるくると『傲慢』の本が舞う。

「あなたの出番はとっくに終わったはずよ、オスカー！」

七つの大罪を描いた七冊の本。中でもオスカーの本はただの本になって「めでたしめでたし」で終わっていたはずなのだ。それなのにまた出てくるなんて……。

捕まえてごらん、とでも言いたげにくるくると舞う本に若干苛立《いらだ》ちながら、カノンは手を伸ばした。すかっと手が空を掴む。

「――逃げないで！」

カノンが素早く手を伸ばすと諦《あきら》めたかのように本が手に収まる。

何か書かれていないかと思ったが、本はすべて白紙に戻っている。

彼の生い立ちも何も、すべて描写されていない。

「……どういうこと？」

カノンが戸惑っていると、もう一冊、本がほのかに光った。

背表紙には――『嫉妬《しっと》』レヴィナス・パージルの業が刻まれている。

レヴィナスの本は、前回、この地下室に入った時は、開けなかった。

「――レヴィナス……」

カノンが手に取ると、本はカノンの手を拒絶して宙に浮く。

「っ……！」

ここを見ろ、とばかりに本が開いて、半透明のレヴィナスがカノンの前に現れる。

（――僕が伯爵になったら、好きにさせてもらいます……もう、我慢はしない）

誰に話しかけているのか見たことがないような暗い表情を浮かべている。

「レヴィナス――!?」

カノンが手を伸ばすと、こちらが見えていないはずの義弟はカノンに向かって微笑《ほほえ》んだ。

（それが――あなたのためにもなるでしょう？）

「レヴィナス!?」

――叫んだ時には、カノンは元の場所に戻っていた。

しばし、呆然《ぼうぜん》として立ちすくむ……。

「どうした？　姫君？」

どれくらいそうしていたのか、背後から呼ばれ、カノンははっとして振り返る。

戻りが遅いカノンを心配したのか、ルーカスが迎えに来てくれていた。

「すいません、ルカ様。図書室があまりに見事で……夢中になっていました」

レヴィナスの幻影のことは首を振って、意識の外に追い出す。

見間違いだ。もしくはたいした場面ではない。

きっと、レヴィナスルートでシャーロットを口説《くど》いている場面……そんなところだろう。

「そうか」

ルーカスは感心したように室内を見回した。

「俺へというより、これはベイルからカノンへの贈り物だな」

ルーカスと部屋に戻りながら、カノンは別荘の図書室を周辺に住む貴族たちに開放してもいいか、と尋ねてみた。ルーカスは望むままに、とあっさり了承する。

カノンは足取り軽く廊下を歩いた。

「イーザは古い土地ですから、伝承もたくさん見つかりそうです」

初代皇帝やその周辺のことも色々と見つかるかもしれない。

天馬としたラオ侯爵家の真実を伝えるという約束も、思ったより早くできるだろうか……。

ご機嫌で部屋へ戻ったカノンは、侍女に勧められるままルーカスと夕食をとり、寝る支度を調えて、笑顔で寝室の扉を開け――。

――はた、と動きを止めた。

すっかり忘れていたが、寝室にはやはりベッドが一つしかない！

「なんだ、寝ないのか？」

あわあわとしていると、ひょいっと抱きかかえられて、ぽすっとベッドに投げられた。

「姫君は軽いな。もう少し食事を増やせ」

「ものみたいに投げないでくださいッ！」

「諦めてさっさと俺の隣で寝ておけ、何もしないから」

ベッドは広いし確かに二人寝てもぐっすり休めるだろう。

カノンは、うー……と唸《うな》ってから、気に入っているシルクの長いリボンを取り出して、ベッドの上に置いて左右を区切る。

「――では、こっちから半分は私の領域ですね？　ルカ様は左側を使ってください！　私は右側を使いますからっ！　じゃあ、――おやすみなさいっ！」

笑う気配がしたが構わずにカノンはベッドの中に潜り込んだ。

「おやすみ、カノン」

思いがけないほど優しい声で言われてカノンはしばらく潜り込んだ後、ひょこっと顔を出した。隣からすやすやとルーカスの安らかな寝息が聞こえる。

過剰反応した自分が馬鹿《ばか》みたいだ。

暗闇《くらやみ》の中で赤面しつつカノンも枕に顔を置いた。

「……おやすみなさい、ルカ様」

――のだが。

翌朝、どうしてだかルーカスに腕枕をされていて、カノンは声にならない悲鳴をあげた。

「なっ……なんで――……!!」

「言っておくが、寝ぼけて俺に抱きついてきたのはカノンだぞ。俺は潔白だ」

「気づいていたなら、その時に起こしてくださいッ！　越境しているって！」

「越境は許す。心地よさそうだったからな、起こすのも悪いと思ってな」

少しも悪びれていない。

カノンがあわあわとしていると、侍女がにこにこしつつやってきた。

年若い侍女はタミシュ大公が身元の確かな娘だからと雇ってくれた。

皇帝とその寵姫の世話係に任命されたのをずいぶんと喜んでいるらしく感じの良い少女だ。

ルーカスとカノンが既にそういう仲だと疑わない侍女の前で慌てるのも妙だろう。

カノンは澄ました顔を作って侍女におはよう、と告げる。

侍女は頭を下げて、青いリボンに気がつくと顔を赤らめた。

「こちらも洗っておきますね」

——とそそくさと持っていってしまった。

「え、うん。ありがとう……？」

不思議な気持ちでリボンを視線で追ったカノンは次の瞬間「あっ！」と叫ぶ。

「な、何だか、い、今の何か妙な勘違いをされていませんでしたかっ！」

「何が？」

ルーカスは生欠伸《あくび》をしながら聞き返す。

「リボンッ……何か、その、私たちが使ったって!!」

左右を区切るために使っただけなのだが、絶対別の用途で使ったと勘違いされた気がする。

ルーカスはくっくっと笑った。

「使ったじゃないか、昨夜。君と俺の間で」

甘い声でわざとらしく言わないでほしい。

「ちがっ……、使ってなっ……使いましたけど!?　語弊がありますよね!?」

「今夜も使うか？」

「――使いません！　もう、床で寝ますからッ！」

その日は、二人で図書室の本を調べたり、湖にボートを浮かべたり、庭を駆けずり回ったせいで泥だらけになったジェジェを綺麗に洗ったり、のんびりと過ごした。

夜はルーカスとカノンの間にジェジェに鎮座してもらう。

ジェジェは「当て馬っていうか当て猫？」とふざけていたが、カノンの願いを聞いてベッドで仰向《あおむ》けになり、すやすやと寝ていた。

――そんな風に避暑はおおむね和やかに過ぎていった。

パージル邸を出てから、こんなにものんびりとした休日は初めてな気がする。

滞在は半月の予定。

――穏やかな休暇の三日間は終わって、四日目の朝。

なぜだかどうしても毎朝ルーカスの腕の中で起きてしまうカノンは、その日も心の中でぎゃあと叫びながら目を覚ました。

「いい加減慣れろ」

「慣れています。とっさに対処できないだけですっ……」

カノンが唸りながら身支度を調えていると、ルーカスは笑って鏡台の前に座ったカノンの背後に回って何を思ったか髪を梳き始めた。手早く器用に結い上げてくれる。

「今日から図書室の整理をするならまとめておいた方がいいだろう」

「ルカ様もご一緒にどうですか？　蔵書の整理」

上機嫌で尋ねると、ルーカスは視線を泳がせたが、俺は寝る、と断った。

「カノンの人使いは荒いからな。俺はのんびりしていよう」

朝食が終わると大抵キリアンが来て今日の予定は、と聞いてくれるのだが。

この日、キリアンは緊張した表情でやってきた。

「どうかしたんでしょうか？」

「来客のようだ」

ルーカスがカノンの腕を放して立ち上がる。

何があったのか、とキリアンを呼ぶ。

「——陛下。お騒がせして大変申し訳ありません。その、予定のないご来客があり……帰っていただこうとしていたのですが……」

苦り切った表情を浮かべてキリアンが報告する。

「お二人が避暑でイーザに滞在中と聞きつけて、ぜひご挨拶したいとおっしゃる方が……」

「いい度胸だな。誰が来た？」

「陛下にお会いするまでは帰らないと駄々を……いえ、強く主張されまして」

「相手は高位貴族なの？」

訝《いぶか》しむカノンをキリアンはちらりと見たが、……意を決したように言った。

「パージル伯爵と……妹君、シャーロット様がお見えです」

あまりに意外な来訪者にルーカスでさえ軽く目を瞠《みは》る。

カノンは昨日の地下室で見た光景を思い出して――思わず胸を手で押さえた。

◆

衝撃から立ち直ると、カノンは隣にいたルーカスを窺《うかが》った。

ルーカスが視線でどうするか？　と問うてくる。レヴィナスはともかく、シャーロットがここを訪れるのは予想外だ。

「別荘の付近は不審者が彷徨《うろつ》いているのでしょう？」

「『黒鉱石の武器を持った不審者』が出るな」

ルーカスが補足する。

「ルカ様。そんな場所に弟妹を放り出すのは気が引けます。……せっかく訪問してくれたのですもの、会って何をしに来たのか尋ねてもいいですか？」

「俺は構わない。好きにするといい」

ルーカスに許されキリアンが渋々連れてきたのは美しい青い目をした男女だった。

パージル伯爵家の人間は大抵翡翠《ひすい》色か青い目をしている。カノンは父グレアムと同じ翡翠色の目をしていて、弟妹――、レヴィナスとシャーロットは美しい青色の瞳を持つ。

「先触れもない訪問とは、君らしくもない。パージル伯爵」

男女を睥睨《へいげい》してルーカスが着席を促すとレヴィナスは恐縮した面持《おもも》ちで頭を下げた。

「突然の訪問にもかかわらずお会いくださり、ありがとうございます陛下、伯爵」

レヴィナスの隣には――見たこともないほど憔悴《しょうすい》したシャーロットがいる。

憔悴というより『しゅんとした』という表情の見本があるとするならこれだ。

いつも可愛らしく不可思議な形に編んでいる髪を今日はただ背中に流していて、それもまた弱々しく庇護《ひご》欲を誘われてしまう。

カノンでさえ、うっかり何があったのかと心配しかけて我に返った。

「お二人が避暑のためにイーザにいらっしゃるとお聞きして……ご迷惑かとは思ったのですが。どうしても妹が……伯爵にお会いしたいと言うので……連れてまいりました」

レヴィナスがカノンを窺い、説明しながらも、段々と語尾が小さくなっていく。

なんと返そうか、と考えながらカノンはレヴィナスの隣で怯《おび》えている異母妹を見つめた。

「何をしに来た、邪魔だから帰れ」とシャーロットを叱責《しっせき》すれば彼女は怯えて震えるだろうか。

「レヴィナスはともかく、あなたが今更私にどんな用事があるというの？　シャーロット・パージル。……あなたと二度と会わないように願っていたのだけれど」

突き放すような声は自然と出た。

何せ、以前殺されかけたことがあるのだ。虚勢を張って冷たい視線でシャーロットを射れば、異母妹は小動物のように肩を震わせ上目遣いにこちらを見てくる。

「お義姉様……っ」

——怯えた声で呼ばれて、鳥肌が立つのを我慢しながら続ける。

弱者が強者に怯える図に見えそうだが、実際のところカノンとシャーロットならば圧倒的に彼女が強い。攻撃魔法が込められた魔術書が手元にあれば、シャーロットはカノンなど一瞬で始末できるはずだ。

今は隣に魔術書がなくても魔法が使えるルーカスがいるから何もしてこないだけ。

「私と陛下は避暑に来ているの。皇都の喧騒を離れて寛《くつろ》ぐために来たのよ」

カノンは隣で悠然と寛ぐ虎……ルーカスとジェジェの威をおおいに借りてみることにした。

「せっかくの休暇を突然の訪問で邪魔されて気分が悪いわ——。どんな用事できたのか言って。そして早く皇都に帰ってちょうだい」

居丈高《いたけだか》、を絵に描いたらこんな風になるはず、と思い出せる限り原作ゲーム『虹色プリンセス』のカノン・エッカルトのふるまいをなぞってみる。

レヴィナスが意外そうにこちらを見ているが義弟の評価はこの際気にしていられない。

シャーロットにカノンがどんな風に見えるか、が重要なのだ。

『意地悪なお義姉様』、シャーロットに嫉妬してひどい言葉を投げるカノン・エッカルト。

その義姉に煽《あお》られてどう振る舞うか——。

カノンが記憶している妹ならばカノンの「意地悪」にきっと目を潤ませて非難するはずだ。

『ひどい、ずるい、どうして私を虐《いじ》めるの。レヴィナス、陛下、どうか助けて……』と。

シャーロットが顔を上げ、カノンはびくりと一歩引く。

予想に反して可憐《かれん》な妹はぐすぐすと鼻をすすりこちらを見ている。

今の、泣くほど怖かった？　私、演技が上手すぎた？　と動揺していると、シャーロットは「わあん」と子供のように泣き出し、あろうことかカノンに抱きついてくる。

「お義姉様っ!!　助けてくださいっ!!」

「ひえぇ……っ」

恐怖ゆえに、間抜けな悲鳴が出るのは勘弁してほしい。

シャーロットはカノンよりも頭半分背が低いので、首根っこにかじりつくように抱きつかれると二重の意味で重い。

「お義姉様、どうか今までの無礼をお許しください。これからは邪心を抱いたりしません。誠心誠意お仕えすると誓います。だからどうか私を許すとおっしゃってください！」

いきなりの懇願にカノンは目を白黒させた。

――あんなにカノンに敵意を抱いて、馬鹿にしてきたシャーロットが何事なのだ!?

「く、苦しい……」

カノンが呻くと、シャーロットは「すいません」と恥じ入ったようにカノンから離れた。けほ、とカノンは空咳《からせき》をしてから妹に尋ねた。

「私があなたを助けるって何を？　あなたが困ることなんかないでしょう……!?　悩みがあるなら私ではなく、ディアドラ侯爵に相談して」

彼女はディアドラ侯爵の婚約者だ。マイラの様子を見ると、一族との関係も悪くないらしい。

――皆に愛され前途洋々なはず。猛獣から逃れるがごとく後ろに下がって距離をとるとシャーロットは涙を可憐に拭《ぬぐ》い、鼻を啜《すす》った。

「……でもっ……でも！　私、オスカーに婚約を破棄されてしまったんです」

カノンは口をぽかんと開け、それまでつまらなさそうな顔でスンッとシャーロットを眺めていたルーカスの目に光が戻った。

へえ、と一言呟き面白そうに身を乗り出す。

「……ルカ様、面白がらないでください」

「面白い展開だろう、これは……」

小声で婚約者をたしなめ、カノンはぐずる妹を見つめた。

「あんなに仲の良かったあなたたちが婚約破棄ですって？」

ロシエ・クルガが「オスカーとシャーロットの仲は冷え切っている」というのは真実だったのか。そしてレヴィナスはやはりそれを知っていたのだろうか……。

誰も促していないのに、シャーロットは続ける。

「私が皇女殿下と仲良くしていたら、オスカーが怒ったのです。皇妃になるお義姉様と仲良くできないような女は、侯爵夫人としてふさわしくない。婚約を破棄するって！」

「私が原因⁉　――皇女殿下とあなたが懇意にすることに文句は言わないわ。私は関係ないから、どうか自分たちで解決して」

シャーロットは涙に濡れた目をカノンに向けた。

「私を見捨てないでください。お義姉様。私はオスカーと別れたら生きてはいけません」

「身勝手なことを言うのね……」

少なくとも過去に婚約者を奪って、殺しかけた相手にする頼みではない。

「お怒りはもっともですが、私はもうお義姉様以外、頼れる身内がいないんです……！　今回だけはどうか――オスカーに婚約破棄を思い直すように命じてくださいッ！」

泣き崩れたシャーロットを前にしてとりあえずカノンは途方に暮れた。

知ったことではないと突き放したいが……。

「まあまあ、シャーロットちゃんも色々あるみたいだね、紅茶でも飲む？」

ジェジェが呆れ顔でシャーロットの前髪をつつく。

シャーロットは口を尖《とが》らせた。

「あっ！　あの時の……！　乱暴な猫ッ‼」

「先に乱暴したのは君でしょーが」

そういえば以前、シャーロットに殺されかけた時、シャーロットを咥《くわ》えてジェジェがお空を飛んでいったなあ、などと、懐かしい記憶が蘇《よみがえ》ってきた。

それまでじっとシャーロットを観察していたルーカスがジェジェに命じた。

「おい、ジェセルジェアレナージェ」

ルーカスがなぜか珍しくジェジェの長ったらしい本名を呼ぶ。

ぴくり、とシャーロットの肩が揺れた。

「……なんだよ」

「シャーロット嬢は、婚約者の不実な態度のせいで情緒が不安定らしい」

ルーカスを縋《すが》るように見つめシャーロットがそうだ、とばかりに頷《うなず》く。

「庭でも案内して慰めてさしあげろ。――命令だ。ジェセルジェアレナージェ」

ふにゃーん、と髭《ひげ》をひくひくさせてルーカスをじっと見たジェジェは、しばし考え、仕方ないかとばかりに尻尾《しっぽ》をぴん、と立てた。

「ちぇ。ご指名でのご命令なら仕方ないから行きますけどぉ。シャーロットちゃん、君がいかに性悪美少女でも、僕ってば女の子には優しいから、案内してあげる」

シャーロットがおずおずとルーカスを見る。ルーカスはひどく珍しいことに「まあゆるりと楽しめ」とシャーロットに向かって感じよく微笑んだ。

「キリアン。おまえも伯爵の妹君をご案内してさしあげろ」

「……御意」

シャーロットたちが部屋を出ていく。ルーカスは物憂げにレヴィナスを眺めた。

「それで？　――どういうつもりだ」

三人になった客間でルーカスに視線でとがめられ、レヴィナスは深々と頭を下げた。

「ご迷惑とはわかりきっていたのですが、連れてきてしまいました」

「事情を説明してくれる？　レヴィナス」

カノンが促すと義弟はため息と共に話し始めた。

数日前、シャーロットがオスカーの元から突然帰ってきたのだという。

「一方的に婚約破棄された、だから伯爵家に帰ってきたのだ、と宣言されて」

青天の霹靂《へきれき》だ。

しかしシャーロットの実家はパージル伯爵家。追い返すわけにもいかず。

「あまりに泣き続けるので僕も仕方なく事情を聞いたのですが……」

実は最近オスカーとよく喧嘩《けんか》をする。先日も大喧嘩をしたから実家に戻ってきたのだ、とシャーロットは打ち明けたのだという。

いつもの喧嘩の捨て台詞で『もうあなたとは終わりだ、婚約破棄をする』とオスカーに告げたところ、あっさりと「そうしろ」と突き放された、と。

オスカーはいつもなら許してくれるのに今回はそうではなく『皇妃となる方と険悪な女性が

ディアドラ侯爵夫人になるなどあり得ない』と冷たく言い放ったのだ――。

「痴話げんかね。喧嘩の理由は聞いた？」

「先ほどシャーロットが言っていた通りです。皇女殿下と親しくしていることを叱られたと聞きました。ディアドラ侯爵家の人間としては皇女殿下よりも未来の皇妃と懇意にすべきで、それが不可能ならば侯爵夫人になる資格はないと……」

確かにマイラが皇女と親しくするきっかけをシャーロットが作ったことについて、オスカーが苦々しく思っている、とは聞いた。

だが婚約破棄をしたいと願うほどだったなんて。

シャーロットは魔法がかけられた鏡でオスカーと連絡を取り、今回は自分が悪かった仲直りしようと謝罪したらしいのだが。

「婚約破棄をされたくなければ、義姉上との仲を修復するよう言われたと……」

シャーロットはレヴィナスに泣いて頼んだという。――カノンが避暑地にいるのは知っている。一緒にイーザに行って、カノンに謝ってほしいと。

「どうしても義姉上に会う、止めるなら自分だけでイーザに行くと言い張って屋敷を出ていったのです。一人で送りだすと暴走して義姉上にどんな迷惑がかかるか被害の予測がつかず――追いかけてくるうちに到着してしまった……と」

「力ずくで止めればよかっただろう」

ルーカスの指摘に、レヴィナスは首を振った。

「シャーロットの魔力は僕より強いのです。彼女がもしも転移の魔術書を持っていたら止められません……」

「厄介な娘だな。そもそも、修復するような関係がカノンとアレの間にあるのか？」

ルーカスの皮肉にレヴィナスが俯《うつむ》く。

「ご指摘の通りです」

カノンはしばし沈黙して考えた。

「シャーロットは、具体的に私には何を望んでいるの？」

「オスカーと話し合う場を設けてほしいと」

「無理よ」

シャーロットがオスカーと復縁をしたいと、それが事実なのかはわからない。

真実それを望んでここに来たのかもわからない。オスカーと別れたくないと泣く姿は実に可憐で同情を誘うが――泣くのが得意なのは知っている。

「レヴィナスは、どうしたらいいと思う？」

義弟は言葉を探しつつ、意見を述べた。

「本音を言えば、二人にはこのまま結ばれてもらいたい。陛下の勧めた婚姻をパージル伯爵家の人間が破棄――いえ、この場合は破棄される、ですね……のは外聞が悪いですし……」

伯爵家の当主としては当然の願いだろう。

レヴィナスが苦り切った表情でカノンに告げた。

「それに、僕は、シャーロットの不幸を望んではない」

「……そうね」

カノンは窓に寄って屋敷の外を眺めた。

庭を先導するジェジェの後ろをシャーロットが軽やかに歩いてついていく。

先ほどまで泣いていたのに、シャーロットはジェジェとの会話を楽しんでいるようだ。

カノンちゃん結婚しよう、などと言っておきながら霊獣は相変わらず皆に調子がいい。

「ジェジェ、楽しそうですね」

「躾《しつけ》が足りんな、あの毛玉……あとで折檻《せっかん》だな」

ジェジェは「可愛い」とおだてられると誰のことでも好きになってしまうから仕方ない。それにシャーロットは誰でも魅了してしまう。

現に、レヴィナスだって完全にカノンだけの味方というわけではない。

彼にとってはどちらも同じく家族だ。

「――ジェジェの浮気者」

カノンの拗ねたような声を聞きつつルーカスが足を組み替えた。

「いっそ、伯爵家に戻してはどうだ。それとも、――爵位を継いだ途端に、元伯爵の娘は邪魔になったか？」

赤い瞳でレヴィナスを射るように見ながら、ルーカスが幾分皮肉げに聞いた。

「まさか！　シャーロットもまた、家族ですから」

「なるほど。──そもそも、グレアム・パージルは卿をシャーロットの婿にして家督を継がせるつもりだったのだろう。そうなってもいいのでは？」

思いがけない言葉に、カノンは一瞬驚いたが──それもそうかと思い直す。

ゲームのレヴィナスルートでは、二人は夫婦になるのだから、むしろ自然な流れだ。

沈黙を破ったのは、レヴィナスだった。

「──伯爵家に戻るのは、シャーロットが望んでいません」

ふん、とルーカスが鼻で笑う。

「それでどうする？　妹を叩《たた》き出すか？」

ルーカスは立ち上がってカノンの横に並ぶと、目を細めてシャーロットを観察する。

カノンは瞑目《めいもく》してしばし考えて、いいえと首を振った。

「──このまま様子を見ます」

振り向けば意外そうなレヴィナスと目が合った。

「シャーロットをお側におく、と？」

「ここにいる間、別荘の図書室の整理をしたいと思っていたの。人手がいるわ。レヴィナス、シャーロットに伝えて。手伝えば協力する、って」

「しかし、危険では……」

レヴィナスの心配をルーカスは鼻で笑った。

「危険物を持ち込んでおきながら心配するな」

もっともな指摘にレヴィナスは口をつぐむ。

「野良猫とキリアンを護衛につければ心配はないだろう。カノンの思う通りにしろ。――パージル伯爵とその妹の滞在を許す。まあ、好きに過ごせ」

はい、とレヴィナスが頷いて、決定を告げるべくシャーロットたちに合流した。

「君の妹を客としてここに置く。これでいいのか、カノン」

「ええっと、ありがとうございます……？」

カノンが曖昧《あいまい》に笑うとやれやれとルーカスがため息をついた。

「婚前旅行で寛ぐはずが思わぬ邪魔が入ったな――さて、あきらかに怪しく近づいてきた妹をそばに置くその心は？」

「ええと……、びっくりして、つい、承諾してしまいました」

明らかに嘘くさいカノンの言い訳にもルーカスはふん、と鼻を鳴らしただけだった。

「まあいい、無理はするな。無茶も禁止だ」

「……どう違うんですか、それ？」

見透かされたように言われて、カノンは苦笑した。

散策から帰ってきたシャーロットに滞在を許可すると告げると、義妹はおおいに喜んだ。

「ありがとうございます、お義姉様！　どうか、……少しの間、仲良くしてくださいね」

「人手が足りないから仕方なく雇ってあげる。仕事を手伝って」

「はい！」

「期待に応《こた》えてくれたら、オスカーとの喧嘩の仲裁くらいはするわ。あなたにはパージル伯爵家を出ていってほしいから」

「ふふ。やっぱりお義姉様は優しいんですね」

皮肉が通じない。いや、苛立ちを押さえているだけなのか。

「気のせいよ」

素っ気なく言いつつカノンは妹を盗み見た。横顔も完璧に美しい。

――仲良くか、と内心でぼやく。

初めて会った時も同じような台詞を言われた。

母が亡くなってあまり月日が経っていない頃だ。

父に連れられていきなりカノンの世界にやってきた砂糖菓子のように甘い雰囲気の、このうえなく可愛い女の子は満面の笑みを浮かべて、無遠慮にカノンに手を差し出した。

振り払われることなど一切予測していない無邪気な傲慢さだった。

——仲良くしましょうね、お義姉様。

私はこの屋敷に来られて嬉しい。会えて嬉しい。

そう軽やかに告げた少女は、パージル伯爵家の娘の立場も、父の関心も、瞬《また》く間に全部奪っていったのだった。

無邪気で優しくて可愛くて完璧なシャーロット。

しかし彼女は先ほど、自分で言ったではないか。

——これからは邪心を抱いたりしません、と。

そう言うからには、今までのシャーロットのふるまいは決して無神経ゆえの無邪気ではなく「邪《よこしま》な」自覚はあったのだ、と妙に安堵する。悪意がある相手ならば、受ける被害に仕返しをしても心は痛まない。

カノンはキリアンに弟妹の部屋を準備してくれるよう頼んだ。

散策ですっかりキリアンに好感をもったらしいシャーロットは人狼族の「お耳が可愛いのね！」といきなり言って、手を伸ばして触ろうとする。

キリアンはぎょっと一瞬頬を引き攣《つ》らせたが、カノンの居心地の悪そうな表情に気づくと、シャーロットがするがままにさせて耐えてくれた。

翌朝、シャーロットを迎えにいくと、意外にも異母妹は準備万端でカノンを待っていた。

しかし、図書室でカノンが「この本の整理をしたいのよ」と説明すると大量の本を見渡し、うんざりとした表情を浮かべた――。

「本当に図書室の整理をするのですか？　お休みに来たのに仕事を？」

「だってこんなにたくさん本があるんですもの、何があるかは知っておきたいじゃない？」

別荘の本は歴代のタミシュ大公が集めて、ベイルがくれたもの。

「処分しようかと思ったけれど、君が好きだろうからそのままにしておいたよ」

とベイリュートは手紙で言ってくれた。

魔術書も何冊かあるし、魔力がなくとも古く貴重な古典も多い。ここは宝の山だ。

「蔵書数はそんなにないの。せいぜい三千冊くらい――」

「せいぜいって……三千冊も、でしょう！」

「そんなに多くはないわ――伯爵家にはたぶん、三倍くらいの蔵書があったじゃない？」

カノンがいた頃は、だが。今はどうなっているだろう？

パージル伯爵家の図書室にもカノンの……というより、母イレーネが嫁入り道具の一部として持ち込んだ本が大量にあった。

カノンが父グレアムと決別し、大事な本はルーカスが搬出してくれたので不自由はしていないが、さすがに全部を持ち出せたわけではない。

あの場所で、あの本たちがどうなっているか――時々懐かしくなる。真冬は実に寒い部屋ではあったけれどカノンが伯爵邸で一番長い時間を過ごしたのはあの部屋だから。

本に没頭することで少女時代のカノンは孤独を紛らわしていた。

「お義姉様は本が大好きで、いつも図書室にいらっしゃいましたものね」

「そうね」

――そこしか居場所がなかっただけだが、カノンは反論はしない。

「私は一人きりは無理です。寂しくて。人とあまり話さずに一日が終わると――せっかくの時間を無駄にした気になってしまうんです……」

それならば伯爵家で過ごしたカノンの大半の時間は「無駄」だったろう。

「そう？」

「読書も好きだけれど外に出る方がずっと好き。人と会話したり、市井《しせい》でお買い物をしたり、野原を馬でかけたり。そういうことが好き。――せっかくイーザにいるんですもの、お義姉様も散策や舟遊びを陛下とご一緒に楽しまれたらいいのに」

無邪気を装った無神経な助言にカノンは黙って微笑むだけにとどめた。

シャーロットが来る前に舟遊びも散策もルーカスと楽しんだのだが、楽しい思い出をシャーロットと共有する気はない。

「お義姉様が本ばかり読んでいたら陛下は退屈してしまいませんか？」

私に退屈するという忠告だろうか？　と邪推したくなるが、妹の表情から悪意は全く読み取れない。――可愛い妹の態度でこられるとやりづらい、と思いながらカノンは応えた。

「陛下が退屈かどうかは私にはわからないわ。――お喋りが好きならここでの労働はシャーロットにとってはきっと無駄で苦痛ね」

「そんなことはないです。お義姉様のお役に立てるのは嬉しいです」

「そう？　ならばよかった」

枠線が引かれた紙の束とインクを渡すとシャーロットはきょとんとした。

「休暇の間に半分くらいはすませてしまいたいの。あなたの担当はここの棚二つね。左上から順に記録して書籍の位置は変えないでまた元の位置に戻して。紙に記録するのは著者名とタイトルとその分類表で……内容がわかれば番号を振ってくれる？」

「……これだけの量を二人でリスト化するつもりですか？」

シャーロットの頬が引き攣る。これは素の表情だな、とカノンは苦笑した。

「全部じゃない、半分よ。残りはルカ様と次回遊びに来た時にでもリスト化するわ」

シャーロットが唖然《あぜん》とするが、カノンは肩を竦める。

「邪心を抱かず、なんでもしてくれるんでしょう？」

意地悪な言い方をしてみたが、シャーロットは、はい、と悲しげに目を伏せただけで、反発心は読み取れない。

真実反省して私に歩み寄っているように見えるわ、とカノンは半ば感心した。

「じゃあ、頑張りますね！」

シャーロットは朗らかに言って、意外なことにカノンが言うままに黙々と手を動かした。

夕食の時間になってシャーロットを図書室から送りだすと、ずっとカノンの側にいて「護衛」をしてくれていたジェジェがふにゃあんと床を転がった。

「か、か、か、カノンちゃん――カノンちゃんが怖いよおお……」

「怖い？」

「だって、ずーっと無言でぴりついていたんだもんっ」

「緊張していたのよ。だって以前、自分を殺しに来た人間と密室にいるのよ？　私の無表情よりも、シャーロットの友好的な笑顔の方が怖くない？　――ひょっとして私を殺しかけたこと、忘れているのかしら？」

「とっとと追い出せばいいじゃない」

「本当ね」

ふふ、とカノンは笑った。

だけれど、追い返せない。カノンもシャーロットの側にいたい理由が今はある。

「けど、本当にシャーロットは優秀ね！」

カノンはシャーロットがまとめたリストを見ながら感嘆した。

正確に綺麗な字で想定の五割増しの速度でリストを作成してくれている。

さすがヒロイン。ハイスペックなのだ。

「彼女がシャーロットじゃなかったら、図書館の職員としてスカウトしたいくらい」

「やめときなよ。後ろから刺されちゃうから！」

「だよねえ」

呑気《のんき》だな、とジェジェが呆れた。

図書室を出るとバツの悪そうな顔でレヴィナスが立っていた。

「どうしたの？」

「いえ、――義姉上の顔が見たくて……」

シャーロットを連れてきたことに、責任を感じているらしい。

「少し歩かない？」

カノンが誘うと、レヴィナスはほっとした表情でごく自然にカノンに腕を差し出した。

別荘の近くには公道がある。貴族たちが馬車で移動するので人口の少なさに反して公道は広く、丁寧に舗装されていて道の両側には背の高い木が植えられている。

「連れてきておいて言うのもなんですが、……無理にシャーロットに付き合う必要はないか、と――オスカーとのことは後で考えるとして、明日にでも皇都に戻りませんか？」

「レヴィナス？」

「先ほど、キリアン卿に聞きました。このあたりは物盗りが出て、物騒だそうですね。近衛騎士がいるとはいえ、シュート卿もいないし、護衛が少なすぎます。戻った方が……」

「大丈夫よ、ルカ様がいるもの」

カノンはルーカスがいるだろう別荘の方角に視線を向けた。

ルーカスは魔法も使う。賊が十数人押し入ったとしても負ける気はしない。

「ですが、常に隣にいるわけではないでしょう？　今もそうだ」

心配性な義弟をカノンは小突いた。

「その時は頼りになる弟に助けてもらうわ」

「義姉上……」

レヴィナスの声が曇る。

「……正式な婚約の前に、避暑に来たのは、何か考えあってのことですか？」

「ただの、避暑よ。今年は暑いから」

カノンは否定するが、レヴィナスは納得してはいないようだ。

「――義姉上は避暑のつもりでも、陛下はどうお考えなのですか？　こんな大事な時期に人気《ひとけ》のない所に来て、何かあったらどうするのです」

「心配性ね、伯爵様」

「はぐらかさないでください。重要なことです。つい先日も、馬車を不届き者が襲ったではないですか――僕ならもっと厳重な警備にします――もしくは義姉上を皇宮の外には決して出さないな。義姉上を脅《おびや》かすものすべてから遠ざけるのに」

ひやりとしてカノンは顔を上げた。

夢で、レヴィナスがカノンへ囁《ささや》いたセリフと被《かぶ》る。

どこにも行かないで……と。

訝しげな顔をされたのでカノンは慌てて首を振った。

「気持ちは嬉しいけれど、レヴィナス。――私には足があるわ」

「義姉上？」

「行きたいところに自分で行くし、置物みたいに皇宮に閉じ込められるのは嫌よ」

カノンが口を尖らせると、レヴィナスはややあって、そうですね、と表情を和らげた。

わかってくれたらしい。

「――なんですね」

安堵したカノンは、突如として吹いた風に気をとられて弟の呟きを聞き逃した。

「やっぱり、そうか。義姉上は皇宮に閉じ込められたくないと思っているんですね」

「レヴィ？　ごめんなさい、何か言った？」

カノンが聞き返すと、レヴィナスはいいえと首を振った。

朝シャーロットを迎えに行く、それから図書室に行く、リストを作る……。

淡々と別荘での日々は繰り返されていく。

さすがにジェジェだけでは不安と思ったのか、図書室には二日目から近衛騎士が一人、護衛としてつくようになった。

彼らはキリアンにきつく言い含められているのかシャーロットが愛想よく話しかけても、返事以外は対応しない。

カノンの記憶によれば、シャーロットに微笑まれて彼女の魅力に落ちなかった男性はいないのだが、さすが近衛騎士はよく訓練されている、と感心してしまった。

ここ数日、お喋りが好きなシャーロットは意外なほど静かだ。

今も沈黙して、カノンの行動を観察している。

ルーカスと話をしている間も割り込んでくるかと思えば、ただ見ているだけで自分をアピールしてルーカスの歓心を得ようというようなことはしない。

どういうつもりなのだろうか。

昼休憩の最中、熱心に本を読むシャーロットの横顔をカノンが見つめていると妹は視線に気づいてにこりと微笑む。

「お義姉様、どうなさいました?」

カノンはシャーロットの手元の本を見た。

――カノンが熱心に読んでいた本ばかり。

「ああ。お義姉様が楽しそうに読んでいたので、どんな内容なのか気になったんです」

「古代の伝承について書かれた本ばかりよ。最近は昔の歴史資料ばかり読んでいるの」

カノンはシャーロットに本の概要を説明した。

「この本は歴史資料ではないですよね？　古い詩歌ばかりです」

シャーロットは黒い背表紙の本に手を触れた。どうせ魔法は発動しない、と図書室の机の引き出しにしまっていた『初代ディアドラ伯爵』の詩集だ。

「――けど、この本、どこかで見たような気がするんです」

うーん、とシャーロットは口元に指を置きつつ、首を傾げた。

ストロベリーブロンドの髪がさらりと揺れる。

「あなたは見たことがあるかも。初代ディアドラ侯爵が書いた詩集のようだから」

「ディアドラ！　じゃあ、ひょっとして魔術書ですか？」

「そう。でも今は、魔法は発動しないのだけれど……」

「発動に何か条件があるんですか？」

シャーロットは手の中でくるりと魔術書を浮かせた。

やはり、カノンと同じページが開く。魔力を持った人間が触れると決まったページが開かれる仕様のようだ。だが、魔法の発動条件はわからず、どんな魔法がかけられているかも不明だ。

カノンよりもずっと魔力が多いルーカスが開いても、たった今、シャーロットが開いても何も作動する様子が無い。

「条件はわからないわ。もしも何か気づいたら教えてくれたら嬉しいんだけど」

「はい、お義姉様」

シャーロットは素直に頷いた。

「私は、午後はのんびりするから、あなたもレヴィナスと一緒に少し散策してきたら？　いい天気だし」

「そうですね、そうします」

じゃあ、とカノンは踵を返す。図書室の扉の前で不意に振り向けば、シャーロットはにこにことこちらを見ている。カノンへの敵意など微塵《みじん》も感じられない。

――もし、あれが演技ではなくて本心だったら？

――シャーロットが今までの行いを悔いて、本当に関係修復を望んでいるとしたら？

カノンは、「虹色プリンセス」でのシャーロットのキャラクターを思い出した。

元気で、優しく、聡明《そうめい》で……。

あんな子が本当に異母妹だったら、カノンだって仲良くしたかった……。

カノンが皇妃になって、シャーロットがディアドラ侯爵夫人になって。

どこかで穏やかに過ごす日がいつか――。

「あり得ないわね」

カノンは、パンっ、と両手で頬を叩く。

決別することはずいぶん前に決めたのに、心が揺らぐのは結婚前だからか。

家族にルーカスがなってくれるだけで充分なのに、もしかしたらが消せない。

だめだな、と呟いて寝室に戻る。

怖いくらいに平穏で――そうこうするうちに何事もなく日が過ぎていく――

作業を始めて五日が過ぎた頃。

一人で別荘の周辺を散歩していたカノンのところに、綺麗な水色の羽をした小鳥が舞い降りてきた。

チチチ、と可愛い声で鳴くので、つい笑顔で手を伸ばす。

「あなた、このあたりでは見ない鳥ね。どこから来たの？」

小鳥はチョン、チョン――と肩に乗ると聞き覚えのある声で応えた。

「皇宮から参りました。カノン様」

「……っ！」

聞き覚えがありすぎる声に叫ぼうとすると駄目ですよ、と言わんばかりに嘴《くちばし》でツンツンと頬をつつかれる。カノンは当たりを見渡して声を潜めた。

「――ロシェ？　どうしたの……！」

「お伝えしたいことがありまして。水鏡を使うとなると――国教会に気づかれる可能性があるので友人の魔法使いに助力を得ました――。鳥の身体を一時的に借りています」

カノンが指を出すと、鳥――を操っているらしいロシェ・クルガは指を止まり木にする。

小鳥の澄ました佇《たたず》まいがなんともロシェ・クルガらしくて可愛らしい。

「何かあった？」

「はい。まずは確認したいことがあるのですが――こちらの別荘に客人が増えてはいませんか？　たとえば――パージル家のお二人が」

なぜロシェがそれを知っているのか。

沈黙を肯定と受け止めたのか、やれやれと言わんばかりに小鳥が首を振る。

「お気をつけてください、カノン様。パージル伯爵もシャーロット嬢も皇女殿下と非常に親しくしておいでです――」

え、とカノンが顔を上げる。チチと小さく鳴いて、小鳥は再びカノンの肩に止まって囀《さえず》った。

「パージル伯爵は、カノン様ではなく皇女殿下を選んだのかもしれない……」

◆

今日は休みにしようとシャーロットに告げ、カノンは執務室で本を読んで寛いでいたルーカスに声をかけた。

「今日は休みか」

「さすがに毎日は疲れますから――湖まで散策しませんか？」

わかった、とルーカスは気楽に応じる。

屋敷を出る時に、通りがかったシャーロットが二人を見つけてぱっと顔を明るくした。

「お義姉様、どこに行かれるのですか？」

「湖に行くの。綺麗なところだから――」

誘われるかと期待したのか、シャーロットがカノンと、ルーカスを見る。

「あなたも機会があれば行くといいわ」

つれない言葉にシャーロットは一瞬呆気《あっけ》にとられたが、そうします、と言って、スカートを掴む。ルーカスは姉妹のやりとりなど見えていないかのように「行くぞ」とカノンを促した。

振り返ってシャーロットを見たが、妹は意外なことに無表情で二人の背中を見送っていて、カノンを睨《にら》んだりしていなかった。

「嫌われるために、ずいぶん努力しているじゃないか」

カノンは視線を彷徨《さまよ》わせた。

「警戒しているだけです――さすがにシャーロットが真実、私との仲を修復しようと思っていると……信じるほどおめでたくはないですよ？」

何が目的なのか、までは知らないが――冷たいカノンに業を煮やして、そろそろ企みを明かしてくれないかと願っている。

湖までは歩いて一時間もかからないので、ジェジェも一緒に歩いていく。

先回りしていた近衛の騎士が、もう小船を用意してくれていた。

ゆらゆらと湖面がきらめいてとても綺麗だ。

人払いをしているのか二人以外に湖面で遊ぶ者はいない。

この前、舟遊びをした時も思ったがひどく綺麗な景色だった。

「贅沢《ぜいたく》ですね」

カノンは風で飛ばないように帽子を押さえた。

岸に視線をやれば、近衛騎士が三人こちらを窺っている。

「シュート卿とラウル以外の騎士たちと、こんなに長く一緒にいるのは初めてです」

「気に入った騎士がいれば名前を憶えておくといい。皇妃付きにする」

皇妃になると近衛騎士の分隊が一つ直属になるらしい。

あらかじめ、よさそうな人を選んでイーザに連れてきてくれたのだろう。

「イーザに連れてきた騎士は、しがらみがなくてちょうどいいぞ。好きな奴を選べ。ここにいない者でもいいが」

「シュート卿でもですか？」

「……まあ、別に、カノンが望むならそれでもいい」

少し間があったな、とカノンは口元を隠して笑った。

なんだかんだと言いながらルーカスはシュートを信頼している。彼を手放すのは嫌だろう。

今度、シュートにこっそりと教えてあげよう。喜びそうだ。

「それで、俺を人気《ひとけ》の無い所に呼び出した理由は？　何か話があるんだろう？」

オールをこぎながらルーカスが尋ねる。

どうやって切り出そうかと悩んでいたカノンは、はた、と動きを止めた。

「……気づいていたんですか？」

ルーカスはオールから手を離してカノンに手を伸ばした。

「カノンが何か思い詰めている時は、下唇を噛《か》む癖がある」

「気をつけます……」

カノンが口元を手で隠すと、教えなければよかったなとルーカスは笑った。

「ロシェから、伝言があったんです。――水鏡ではなく鳥で」

経緯を話すと、神官は器用だな、とルーカスは若干呆れていた。

鳥の口を通してロシェ・クルガはカノンに継承を鳴らしてきた。

現在、皇宮では皇女は大人《おとな》しくしているように見える。それどころか体調が優れないと宮に引き籠《こも》っている――と。それ自体はいいことだ。

ですが、とロシェ・クルガは言った。

「皇女殿下は、訪問は受けていないようですが、たくさんの貴族から見舞いの品を受け取っています。その一つ一つに返礼をし、有力貴族への返礼はマイラ嬢が運んでいるようで――」

ロシェ・クルガが教えてくれた貴族の名前を列挙すると、ルーカスは軽く笑った。

皆、皇女や国教会と親しく皇帝とは距離を置いている貴族が多い。

見舞いの品やその返礼の授受を行うのにかこつけて、何か連絡を取り合っていてもおかしくない。

「その中に、聞きたくない名前がありました」

カノンはじっとルーカスを見つめた。

「――レヴィナス・パージル。レヴィの名前も、ある、と」

カノンを心配して皇女の状況を見ているだけだとのカノンの反論にロシェ・クルガは言った。

皇女が体調を崩す前、レヴィナスは頻繁に皇女の元を訪れていた。見舞いの品も贈っているし、返礼も受けている。

それに、先日訪問したカフェの出資者も皇女のごく親しい貴族だということも教えてくれた。

『真実を確認するのは後でもいいでしょう。パージル伯爵レヴィナスは、皇女殿下に取り込まれているのではないでしょうか？　……そもそも、シャーロット嬢を連れてカノン様の側に行くなんて、不謹慎すぎるでしょう。すぐに叩き出すべきです』

ロシェ・クルガからはそう勧められたが。

「なるほどな」

「驚かないんですか？」

「俺が皇女なら、レヴィナスを取り込む。――カノンと親しいし、義弟が裏切っていたら、君への衝撃が大きい……それで、俺に話した意図は？」

私は、とカノンはぎゅ、と拳《こぶし》を握りしめた。

カノンは家を出た。パージル伯爵家自体にいい印象はほとんど無い――レヴィナスだけが、いい思い出だったし、今まで何度も助けてくれた。

「義弟に確かめます。本当にマイラ様と会ったのか。何か事情があるのか――それまで待ってもらえますか？」

ルーカスが沈黙している間、ちゃぷちゃぷとやけに水音が大きく聞こえる。

「驚いたな――」

「レヴィナスに疑いがあることですか？」

「いいや、カノンが、俺に相談したことに驚いている」

は？　とカノンが目を剥《む》くとルーカスはニヤと笑った。

「大抵、何か事が起こると、己で考えて――止める間もなく走るだろう、君は。俺に頼るのは珍しい。信用が無いなと常々悲しく思っていたんだが」

「うっ……、そん……なことは」

ない、とは言い切れない。先日もジェジェとこっそり皇女を見に行った。

いやしかし己が破滅に向かうルートから逃れるために奮闘していたからで、決してルーカスを信用していないわけではない。

「今回は、無茶も無理もしないってルカ様に約束したので」

ははは、とルーカスは笑みを漏らした。

「レヴィナス・パージルを信じるわけか」

「はい」

迷いなく頷くとルーカスはカノンの手を取った。

「正直に言えば、皇女につながっている疑いがある者を、カノンの側に置きたくはない。——が、相談されれば俺はわかった、としか言えないな」

「……はい」

「くれぐれも無理をせず、恐ろしい目に遭う前に、俺を呼ぶと約束しろ、カノン」

「——約束、します」

取った手に気障《きざ》な仕草で口づけられ、そのまま引き寄せられた。

どうもイーザに来てから皇帝はスキンシップ過多だ。

「暑いですし危ないですよ、ルカ様」

憎まれ口を叩きながらも肩に顔を載せると、ルーカスはわざとらしく拗《す》ねてみせる。

「文句を言うな。無礼な女だな、君は」

ぎゅ、と抱きつくと子供にするみたいに背中をぽん、と叩かれた。

ルーカスの手が大きくてよかったな、と思う。この手は硬くて決して触り心地もよくないけれど、安心できる。

腕を取って掌《てのひら》に、頬をすり、と寄せるとルーカスはされるがままでいてくれる。

「シャーロットのことも疑って、観察しているんですけど」

「けれど？」

「誰かを疑い続けるのは疲れますね。ルカ様の気持ちが少しわかりました」

ルーカスはずっと身内に対して疑心暗鬼だったはずだ。

それはどれだけ精神をすり減らしただろうか。

「俺はともかく、カノンには向いていないだろうな」

よしよし、とばかりに指が甘やかすので、カノンは目を閉じた。なんだか猫になった気分だ。

「絶対的に信用できる人がいるって素晴らしいなと思い知りました」

こつん、と額をぶつけるとそうだな、とルーカスは笑う。

「――適当に相槌《あいづち》を打たないでください。ルカ様にとって絶対的に信用できる人になれたらいいな、っていう願望なんですから」

「それは嬉しいな」

ルーカスがくすりと笑った時――

微笑みながらカノンは岸を見つめて、あれ？　と動きを止めた。

岸の向こうに、誰か……こちらを窺う人がいたような……。

「黒鉱石の武器を持った不審者」がうろついているというキリアンの言葉を思い出す。

「どうかしたか」

「いえ、あそこのあたりに誰かいたような気がして……、もう見えなくなってしまったのですが。現地の人かもしれませんね」

ルーカスもカノンの視線を追ったが、何も見つけることはできなかったようだ。

「警戒しすぎて悪いということはないが、帰るか？」

「ちょっと残念ですけれど。ルカ様、舟遊びもまた一緒にしてくれますか？」

「わかった。どうせ、何度も来る機会はあるだろう」

二人が別荘に戻るとレヴィナスとシャーロットは留守にしていた。

カノンたちと入れ違いで別荘を出たらしい。

キリアンがおずおずと話しかけてきた。

「陛下、シャント伯爵、今、少しよろしいでしょうか？」

扉の向こうから躊躇《ためら》いがちなキリアンの声がする。

「入れ、どうした？」

「はい。それが……」

背後を窺うようにして一度振り返ったキリアンは、誰もいないのを確認すると、二人に近づいて声を潜めた。

「予定にないお客様がいらして。お帰りいただくようお願いしたのですが、お二人に会うまでは帰らない、と……」

困惑しきり、という顔だ。

つい先日もあったパターンに嫌な予感を抱きつつカノンは尋ねた。

「今度はどなたが来たの？」

キリアンは何とも言えない顔で言った。

「――侯爵がおいでです」

「え？」

「ディアドラ侯爵、オスカー卿がお見えです。シャント伯爵と陛下にどうしても秘密裏にお会いしたいと――」

またしても予想外の訪問者にカノンとルーカスは顔を見合わせた。

ディアドラ侯爵、オスカーは「傲慢」の業を持つ攻略対象者である。

絵に描いたような「王子様」キャラでゲーム内でも屈指の人気を誇っていたキャラで、カノンも前世では世界観を知るために、一番初めにクリアした。

いうなれば「ヒロインの本命」のキャラだから、よく知っている。それにオスカーはかつてこの世界でカノンの婚約者だったのだから否《いや》が応でも中身をよく知る機会は多かった。

お調子者で傲慢、優しく見えるが無責任。カノンの彼への印象はよくない。

シャーロットによれば彼女とオスカーは大喧嘩をして、彼は今は皇都にいる、はず、だったのだが……。

オスカーは一人でこの別荘に現れた。

しかも、シャーロットではなく「皇帝とカノン」に「秘密裏」に会いたいという。

「一体、何の用なのかしら……」

使用人でさえ使わない、古い厩舎《きゅうしゃ》のすぐ隣にある管理人小屋に行くと粗末な小屋に似つかわしくない、華やかな容姿の男がそこにいた。

ひどく緊張していたカノンは、扉を開けた瞬間飛び込んできた光景にその場で脱力する。

オスカーは近衛騎士の一人——カノンを湖で船に乗せてくれた年若い騎士だ——に給仕をさせながら、紅茶を優雅に飲んでいる。

カノンたちに気づかないわけではないだろうに、オスカーはしばらく香気を楽しむと「東国の茶葉だね。なかなか悪くない」と呑気に感想を述べた。

騎士は渋い顔をしつつも部屋を辞し、オスカーは優雅に立ち上がって胸に手を当てて一礼した。

「帝国の太陽たる皇帝陛下にご挨拶申し上げます。ご機嫌うるわしく」

満面の笑みを浮かべたオスカーにルーカスは舌打ちし、親指で出口を示した。

「見たくない顔のせいで機嫌は悪い。挨拶が済んだなら、さっさと帰れ」

「……つれない……っ」

「よく顔を出せたな？　面《つら》の皮の厚さは褒めてやる。——それで？　一年以上、ろくに皇都にも顔を出さなかった卿が、わざわざ休暇中の俺を追いかけてくるとは何の用だ？　重大な事案でも生じたか」

「皇帝陛下とシャント伯爵がイーザで避暑中とお聞きしたので。たまたまこちらにいた私としてはご挨拶するべきかと思い——飛んできた次第です」

おや、とカノンは意外な思いでオスカーを見た。

『シャント伯爵』と。オスカーはきちんとカノンを爵位で呼んだ。

父のグレアムは絶対にカノンを爵位では呼ばないし、カノンを馬鹿にし続けていた故セネカ・ラオなどはずっと「パージル伯爵令嬢」と呼んでいた。

オスカーもてっきり「カノン」と親しげに呼んでくるかと思って警戒していたのに。

……少なくともカノンに対して敵意はないのかもしれない。

「お久しぶりです、侯爵。お元気そうでよかったわ」

「伯爵も」

とりあえず友好的かつ儀礼的に微笑んでみせると、にこやかにオスカーが手を差し出してきたので握手を交わす。

「ディアドラ君ってば、本当のところは何をしに来たの？　せっかく避暑に来てうきうきなのに。カノンちゃんと僕とでごろごろするつもりが、君に邪魔されてご不快なんだけどお」

ジェジェがぷんすか怒っていると、オスカーはジェジェに視線を合わせてしゃがみ込んだ。

「つれないな、ジェジェ殿。美味《おい》しいお魚の干物を持ってきたのに」

「それを早く言いなよ、なかなか気が利くじゃん！」

「お褒めにあずかり光栄です」

カノンは粗末な椅子に座ったルーカスに、こそっと耳打ちした。

「オスカーとジェジェって、交流があったんですか……？」

「さあな、知らん。ただどっちも皇宮を適当にうろついているから、どこかで交友を温めていたんじゃないか？　――阿呆《あほう》同士で気が合うんだろう」

あまりな言い草である。ルーカスは「おっさかな～」ともらった魚の干物を前脚で持って喜んでいる猫の首をひょいッと摘まみ上げると己の膝《ひざ》の上に載せた。

「にゃっ！」

「容易《たやす》く懐柔されるな、毛玉。で？　――ディアドラ侯爵。猫には土産《みやげ》を用意して俺にはない、ということもないだろう？」

オスカーは肩を竦めると、木のテーブルを挟んでカノンたちの対面に座った。

「陛下はお変わりないようで安心しました。土産話ならございますよ。――しかし、相変わらず会話の楽しみ方をご存じない」

「侯爵が会話を楽しみたい相手でないだけだ」

「辛辣《しんらつ》だな」

笑顔のオスカーに対して、ルーカスはいかにもつまらなさそうだ。

なんだかこの会話には既視感がある。

カノンは、ズキズキと痛み出した頭を押さえた。


（あなたと会話を楽しむ気持ちになれないだけですよ）


そうだ……！

別荘の図書室――とつながっている地下室で見た、ゲームのシーンに酷似している。あれはシャーロットルートでの、ルーカスとオスカーの対峙《たいじ》を見た。

では今は、どこのルートにいるのだろう？

オスカーを攻略するルート？　今まではそう考えていた。

なのに、シャーロットとオスカーは婚約を破棄したという。

それなのに、ここにゲームと同じ登場人物がそろってしまった。

――カノンは頭を押さえた。

あの時、あの世界の「カノン・エッカルト」はシャーロットを探していた。

彼女に会いたがっていた。何か、理由があったはずだ。

……それなのに……。理由が、全く思い出せない。

「シャーロットはどこに……」

カノンはしまったと口元を押さえた。

白昼夢と現実の境が曖昧になっていたらしい。

「伯爵、シャーロットがどうしましたか」

口にした言葉はなかったことにはできない。オスカーが真顔で聞き返してきたので、カノンは肚《はら》を決めて、聞くことにした。

「あなたが『シャーロットがどこにいるか』を聞かないので気になったのよ」

「どうしてです？」

「シャーロットがここに押しかけてきたのは知っているんでしょう？　だからあなたはここに来た。違う？　なのに、居場所を聞かないのは変だわ」

オスカーはくすり、と笑った。

「何がおかしいの？」

「――いや、自分を殺しかけた妹を客として迎え入れて、そのうえ同じ屋敷で何日も一緒にいるなんて。シャント伯爵は心が広いのだな、と思いまして」

「過去に殺されかけた身としては、恐ろしいに決まっているじゃない！　……それをいうなら、あなただってシャーロットに殺されかけていたように思うんだけれど？　それでも婚約者のままでいたのだから、あなたの方が、よほど心が広いわ」

シャーロットは強い魔力で古《いにしえ》の魔獣を呼び出し、魔獣にカノン（とついでにオスカー）を殺させようとしたのだ。オスカーは懐かしいと言わんばかりに、ぽん、と手を打った。

「恋は盲目と言いますしね。シャーロットはちょっと過激なところも可愛かったんだけど」

殺そうとしてくるのはちょっと過激どころではない。しかし、オスカーの言葉が気になる。

「可愛かった。過去形ね？」

オスカーはわずかに自嘲《じちょう》めいた表情を浮かべ、口元を歪《ゆが》めた。

「――実は数日前から、お二人だけにお会いできる機会がないか窺っていたんです。先ほどもお見かけして」

「ひょっとして、湖の……！」

視線はあなただったのか、と指摘するとオスカーは頭をかいた。

「ええ。木陰から見ていたんですが……」

「堂々と訪問したらよかったじゃない？　シャーロットを迎えにきたんじゃないの？」

「訪問を知ったら、シャーロットは嫌がるんじゃないかな」

「どうして？」

「彼女が、そろそろ僕の利用価値に疑問を感じているから、でしょうか」

オスカーはティーカップをソーサーに置いた。

カノンは困惑する。

シャーロットを溺愛《できあい》しているはずの、そして愛されていると信じているはずのオスカーがそんな言葉を口にするとは思わなかった。

「意外、という顔をしていらっしゃる――実はね、伯爵。シャーロットが僕の中身よりも僕の肩書きや見てくれを愛してくれていることを、実は知っていたんですよ」

「肩書き……」

「ええ。だけど、それって悪いこと？　侯爵位は僕の一部だし、見てくれには気を使っているから、それを評価してくれたら嬉しいでしょう」

「肩書きを好きならさ、もっと必死に働きなよ～君、お仕事サボりすぎじゃない？」

ジェジェの舌打ちに、最低限は働いていますよとオスカーは口を尖らせた。

「僕は彼女の中身も愛しているけれど、彼女の美しいストロベリーブロンドや青い瞳や、彼女が僕にくれる賛美の言葉を、何より愛しているんです。互いに求めるものが同じでお似合いの二人だって……思いませんか？」

オスカーの発言に面食らいつつも、カノンは正直に頷いた。

「思うわ。だからあなたたちを心から祝福したのよ」

二人とも身勝手ではあるがお互いを好きなようだし、つり合いは取れている。勝手に遠くで幸せになってくれと真剣にあの時は思ったし、今でも変わらない。

だけどね、とオスカーは続けた。

「僕は最近、真実の愛に目覚めまして……」

「はぁっ⁉　また⁉」

カノンは思わず目を剥いた。

その反応にくっくっとオスカーは喉を鳴らした。

「僕は、僕にとって誰よりも大事で……、シャーロットよりも愛している人がいることに気づいたんだ」

今更浮気？　とカノンが半眼で睨むのも意に介さず、胸に手を当てて陶酔しきった表情をオスカーは浮かべ、芝居がかった口調で目を伏せる。

「陛下には僕たちの婚約を許可いただいたのに、破棄することになりそうで大変申し訳なく思っております――ですから、このようにひっそりと会いにきたのです」

「で？　相手は誰だ。君が真実、愛している相手は？」

ルーカスはつまらなさそうに促し、オスカーは再び口を尖らせた。

「たまにはゆっくり、臣下との会話をお楽しみください、陛下」

「前振りはいい。さっさと本題に入れ」

つれないなあと言いつつ、オスカーはへらりと笑い、言い切った。

「私が真実、シャーロットより愛しているのは。――私自身です、陛下」

カノンはぽかんと開けたままだった口を閉じた。

オスカーはいつものようににやけているが、目の奥には真剣な光が見える。

「……つまり？」

カノンが促すと、オスカーは大真面目《まじめ》な顔で言い切った。

「皇帝陛下と未来の皇妃に命乞いと保身のお願いにあがりました――シャーロット・パージル嬢は、おそらくシャント伯爵……いえ、カノン・エッカルト・ディ・『パージル嬢』に未《いま》だ強い敵意を抱いています。敵意を抱えてこちらへ来たはずです――今はレヴィナスと湖で呑気に遊んでいるようですが、戻ってくるなり捕縛するのがよろしいかと」

――彼にしては珍しい直接的な物言いだ。

「シャーロットは、……あなたと復縁したいと言っていたわ」

へえ！　とオスカーは目を丸くした。

「彼女は、なんと言ってここに居座ったんです？」

「あなたと大喧嘩をして伯爵家に戻った。私と『仲直り』しない限りオスカーは自分を許してくれないだろうから仲良くしてほしい、どうか、復縁に口添えしてほしい、って」

ルーカスは沈黙している。

カノンに聴取を任せているのだろう。

「なのに、あなたは私とシャーロットは会わない方がいい、と言う。なぜ互いの言い分が食い違うのか、教えてもらっていい？　オスカー・ディアドラ」

「もちろん。ここ数か月シャーロットの機嫌は常に悪くてね。たぶん、君の幸せな噂《うわさ》ばかり聞いていたからだろうけど。僕たちは喧嘩ばかりしていたんだ」

カノンに合わせてオスカーも少しくだけた口調になる。

一人称も昔のように「僕」だ。

「それは別に構わないんだよ――喧嘩も恋人同士がわかり合うには大事な過程だから」

オスカーとの婚約時代、カノンは彼と喧嘩どころか軽口を叩き合うということさえなかったので、若干耳が痛い。

オスカーはため息をついた。

「ただ、皇女殿下に僕の従妹《いとこ》たちを紹介したのは勘弁してほしかったな……」

「皇都にいない割に、一族の動向を把握はしていたのね」

カノンはロシェ・クルガの報告を思い出していた。兄はともかく妹のマイラは――

「言っただろう、侯爵として最低限の仕事はしている、って。そもそも、僕は議会メンバーじゃないから皇都にいなくても陛下もとがめはできないはずですよ――しかし、マイラはお怒りを買っても仕方がない」

　カノンも眉間に皺を寄せた。

　マイラは確かに危うい感じがする。政治のことなどまるでわからず、ただ美しい皇女に頼りにされて浮かれている。そんなところだろうが、懐く相手が悪すぎる。

「マイラは皇女殿下に心酔し、両親の許可も得ないまま殿下につきしたがっている」

　そこはカノンも実際に見た。

「皇女殿下は美しくて魅力的な方だが、子供には刺激が強い。それに皇女だけならばともかく、あの御方にまでマイラを会わせてもらっては困る。あの娘の行動は一族の意思ではないと今、ここに明言いたします」

　コーンウォルのことは確かに困るだろう。皇女はルーカスと水面下では色々といざこざがあったとしても罪人ではないし、社会的な地位もある。

　しかし、コーンウォルはただの謀反《むほん》人だ。オスカーはマイラを家に連れ戻すように指示し、それに反対するシャーロットと、その件で言い争いになったらしい。

　皇女と懇意にして何が悪いのか、皇女に憧《あこが》れるマイラを後押しして何がいけないのか、と。

　オスカーはさすがに怒った。

　――シャーロットが皇女と付き合うことには口出ししない、だが、まだ幼いマイラを巻き込むな、巻き込むのならば二度と皇女には会うな、一族に累が及ぶと。

「だけど、シャーロットは納得せずに、憤慨していたよ」

――なぜディアドラ侯爵家の夫人となる自分が大人しくしていなければならないのか。付き合う相手を選べないのか。この不自由は誰のせいなのか、理不尽だと号泣したらしい。

ジェジェが渋面になり、ルーカスはジェジェと同じくうんざりとした表情を浮かべている。

「己のしでかした不始末のせいだったと記憶しているが。やはりあの時に片付けておけばよかったか？」

シャーロットが社交界に表立って出ていけないのは、彼女が皇帝の寵姫たるカノンを殺しかけたからだ。

今まで放置されるだけで済んでいたのは、ディアドラ侯爵の婚約者かつ寵姫の妹を「姉の暗殺未遂」で捕らえるのは外聞が悪すぎるから。そしてパージル伯爵家の体面のためだ。

カノンもあの時は、実家の立場を考えて、妹に罰を与えないようにルーカスに頼んだ。

遠くで幸せになってくれるならそれでいい、と――思っていたのだが。

「あまり聞きたくはないのだけれど、妹は、自分の不幸の原因を何だと言っていたの？」

「『お義姉様が私に嫉妬して、虐めるから』と――」

予想通りの言葉にカノンは頭を抱えた。

「嫉妬も何も……、あれから会ってすらいなかったのよ」

「さすがに僕も、それはもう違うんじゃないかなあ、って控えめに伝えたんだけど……」

絶対違うと心を込めて説得してほしい。

その控えめな反論にもシャーロットは激昂《げっこう》したらしい。

「僕相手では話にならない、もういい、婚約は破棄をすると一方的に置き手紙をして実家に帰っちゃったんだよね。それが顛末《てんまつ》」

シャーロットの話とは真逆だ。

「連れ戻しには行かなかったの」

「すぐに動けない事情があってね――数日後に伯爵邸には行ったさ。だが、レヴィナスもシャーロットもいない。……レヴィナスは自分たちの行く先を誰にも言わないように厳命して姿を消してしまった」

伝手《つて》を頼ってどこに行ったのか調べたところ、二人がイーザに向かったのだという。それで心配でここまで来た、というわけだ。

「シャーロットにも君にも優しい弟殿は、今回は君ではなく、シャーロットのサイドに立つことにしたらしい」

「まさか！　レヴィナスは――」

カノンは義弟の姿を思い浮かべて――それから、ロシェ・クルガの忠告を思い出して言い淀《よど》み、オスカーはほんの少しだけ皮肉な視線をカノンに送った。

「パージル伯爵は、君に優しいだろう？　それと同じだけの熱量でシャーロットにも優しかったのを僕は知っている。過去のことではあるけど……」

　オスカーの言う通りだ。

　たぶんレヴィナスは一時期シャーロットに恋をしていた。優しい義弟は、彼女にもはや恋心を抱いていなくても、家族として優しく接するだろう。

「――とにかく我が婚約者殿は明確にシャント伯爵への悪意を僕に告げて、実家に戻った。なので……ここに滞在させるのは危険ですよ、とご注進いたしに参りました」

「もしも……シャーロットが、やり直したいとあなたに言ったら？」

「――やり直したいと思う相手を、刺して逃げるかな？」

　オスカーが苦笑し、シャツをめくってわき腹を見せてくれた。もう治っているようだが、何か鋭利な刃物で傷つけられた痕がある。

　さすがにカノンは呆気にとられ、ルーカスは面白そうに目を瞠る。

「シャーロットが出ていく時に、刺されたんだよね」

「簡単に言わないで……」

「だからすぐに彼女を追いかけられなかったんだ。いやあ、侯爵家に治癒師が常駐していてよかったよ。危うく死ぬところだった――さすがに二回も殺されかけた相手とは、やっていけない。ので……婚約破棄の許可を陛下にいただきにまいりました」

　ぼやく元婚約者をカノンは真正面から見つめた。

「……どうして、わざわざ教えに来てくれたの？」

オスカーは両手を上げて降参と言いたげなポーズをとる。

「言ったでしょう、シャント伯爵。保身のお願いだと。シャーロットと僕は不幸な諍《いさか》いを起こし、今後は無関係になる予定です。ここにいる彼女が何かしでかしたとしても、僕を――ついでに一族を責めないでくださいっていう保身。――シャーロットは君を傷つけに来たに違いないと僕は確信しているけどね。ずっと君を憎んでいるから」

「家を出てからは、妹に憎まれるようなことはしていないわ」

オスカーはうーん、と苦笑した。

「僕も実はどうしてシャーロットが君にこだわるのか、ずっとわからなかったけど。最近ようやくその理由に気づいたんだ」

「理由は何？」

「嫉妬だよ」

きっぱりとオスカーは言い切った。

「彼女が君を憎むのは、君が君のくせにシャーロットよりも幸せそうだからだ……君の不幸の上にしか、シャーロットは幸せを描けないのかもしれない」

カノンは絶句した。

「シャーロットは侯爵と結婚して幸せになった上で、婚約破棄された不幸な姉を哀れむ可憐な妹でいたかった。なのに君はせいせいした顔で家を出て、自分で生きる道を見つけてしまった。しかも、侯爵より偉い皇帝の妻になる――それがひどく不満なんじゃないかな」

あまりに勝手な理屈だが、そう的外れではない気もする。

義姉にはその位置は似つかわしくない。幸せになってほしくない。

どうか、不幸たれ。

――そんな言葉が聞こえてきそうで、想像するだけでも眉間に皺が寄る。

「私の幸せが、彼女の幸せの妨げになるわけではないわ。互いに足の引っ張り合いをする必要はないのに」

呻いたカノンに苦笑しつつも、オスカーが静かに同意した。

「誰かの不幸を願い続けるより、僕と二人で幸せになって人生を楽しむ方がずっと簡単だと思うのだけれど。――僕との幸せじゃあ、彼女は満ち足りなかったみたいだ」

オスカーの口調は無念とも諦観《ていかん》とも判断がつかない。

慰めるべきなのかわからずにカノンが視線を彷徨わせていると、オスカーは立ち上がって気障ったらしく一礼してみせた。

「以上が手土産のつまらない話ですが、いかがでしたでしょうか、陛下」

ルーカスはふむ、と考え込んだが首を傾げた。

「足りんな」

「は？」

「――シャーロットが本性を現して俺たちに危害を加えるならディアドラ侯爵も連座だ」

慈悲のない言葉にオスカーが頬を引き攣らせる。

「報告しに来たのに、ですか⁉」

「当たり前だ。婚約はまだ破棄されていない。――密告して、満足して逃げるな」

確かにそれはそうだ。

「……では、こちらの別荘に私も滞在して、シャーロットを監視いたしましょうか」

「どうして君の顔を見て休暇を過ごさねばならん。とっとと帰れ」

ええ……と小さく困惑したオスカーに、ルーカスは人の悪い笑みを向けた。

「大人しく、ルメクに戻って君の従妹を監視していろ」

「マイラは外出禁止にしようとしているところですが……」

カノンはロシェ・クルガから聞いたマイラの働きについてオスカーに話してやる。

オスカーはあああ、と頭を抱え、その様子を見てルーカスはにこにことしている。

「皇女がろくでもないことを企んでいて、伝書鳩《ばと》としてマイラ嬢を利用していたら――」

「したら？」

「ディアドラ家は滅亡だ。せめて北か南か、追放先くらいは選ばせてやる。希望を述べろ」

オスカーは頬を引き攣らせた。

「……罪の無い小娘が、利用されただけだとお慈悲をくださらないのですか、陛下」

「今、君はマイラが皇女と関わりがあると知っただろう――？　手遅れだな」

マフィアの恐喝手口だわ。とカノンは実に楽しげなルーカスを呆れつつ眺めた。

「君の従妹は自由にさせてやれ。皇女が何を企んでいるのか――せっかく虎の近くにいる雀《すずめ》を引きはがす必要はない。野放しにして皇女とどこに行って、何を話したのか囀らせてみせろ」

「……あの子に間者《かんじゃ》の真似事《まねごと》など、到底、無理ですよ。ただの浮かれた娘です」

意図を察したオスカーが、実に嫌そうに顔を顰《しか》めた。

マイラを通して、皇女の動向を探れと言っているのだ。

「本人に間者の自覚が無い方が好都合。おだてて気をよくさせて喋らせろ。得意だろう？　密告はディアドラの得意とするところだ」

「昔の話ですよ、陛下」

「――たいした情報が得られるかは不明だが、無いよりましだ。皇女が雀の前で何を話したか包み隠さず俺に伝えろ」

「いや、それは……皇女殿下に知られたら、マイラが……」

「君の従妹が考えなしに叔父に面会した軽挙を、俺は不快に感じている――罰せられたくなければ多少、危険な橋は渡らせろ。それに、俺と会話を楽しみたいと言ったのは君だ。ディアドラ。大変結構。毎晩語り合おう――。皇都に戻ったらロシェ・クルガ神官に連絡をとれ」

皇帝に笑顔で脅され、うう、とオスカーは呻いた。

顎に指を添えて、ルーカスはなおも指示を重ねる。

「皇女と俺の間でふらふらと、どっちつかずのまま高みの見物をしたいディアドラの意向は知っているが、そろそろ、それは狡《ずる》いな。——あの女ではなく、俺を選んでもらおうか」

傲慢の業を持つオスカーに向かって、この上なく傲慢に皇帝は言い放った。

「土産と密告だけでは足りん。君自身をよこせ、オスカー・ディアドラ。君の密告とマイラの献身。それでディアドラ家のしばしの安寧が買えるのだ。安いものだろう？」

これは俗にいう、悪魔の囁きでは？　とカノンは半ば呆れながら皇帝を見た。

相変わらず人を追い詰めている時が一番、生き生きとしている。

オスカーは仰いで——脳裏で皇帝と皇女を天秤《てんびん》にかけているのだろうが——やがて、諦めたように頷いた。

「皇帝陛下への献身は臣下の喜びです。……陛下の仰せのままに」

よし、とルーカスは歯を見せた。

「ここに来たのを誰にも話さなかったのは賢明だ。パージルの弟妹に悟られぬよう、飛竜騎士団の一人に皇都にこっそりと送り返させてやる。あとは俺の指示を待て」

オスカーは諦めたようにありがとうございます、と礼を言った。

皇帝第一なのがヴィステリオン侯爵家ならば、ディアドラ侯爵家は国教会や——ひいては皇

女に近しい。皇帝に与《くみ》するのは本意ではないのかもしれない。

「我が家門の保護とマイラと、――シャーロット・パージルの命を保障していただけるならば陛下のご期待に添うよう努力いたします」

ルーカスが面白そうにオスカーを見た。

「面白いな、まだ元婚約者の命乞いを？」

「僕の密告でシャーロットに死なれては……、罪悪感で押しつぶされそうなので」

オスカーは傲慢で無神経で嫌な男だが――だったが、少なくとも悪辣《あくらつ》ではない。

そのことにカノンは安心した。

私はこれで、と部屋を辞そうとするオスカーをカノンは慌てて引き留める。

「少しだけ待ってオスカー、私も一つあなたにお願いが」

「お願い？」

ええ、とカノンは頷き、キリアンに頼んで荷物から黒い背表紙の本を持ってきてもらう。

ゾーイが見つけてくれた初代ディアドラ侯爵の詩が記された魔術書だ。

「あの、その――ちょっぴり、あなたの血をわけてくれないかな、なんて……」

魔術書を手に刃物を持って上目遣いでお願いしてみると、オスカーは顔を引き攣らせた。

ジェジェが「カノンちゃん、言い方怖ぁ……！」と呆れたように鳴く。

「血!?　やっぱり君は僕を恨んでいて殺す気なのか！」

「違うわよっ！　人聞きが悪いことを言わないでっ！」

婚約者のシャーロットに刺されたことが多少トラウマになっているのかもしれない。

「初代ディアドラの書いた魔術書解読のために直系の子孫のあなたに協力してほしいのよ」

「協力？」

カノンは魔術書を示して見せて説明した。

「魔力の残滓《ざんし》は感じるけれど、どんな魔法がかけられていたのかわからなくて」

初代皇帝に付き従った仲間は建国後、侯爵位を得た。

ヴィステリオン、ラオ、サフィン、ディアドラ、ハイリケなどがそうだ。

初代のディアドラ侯爵も強力な魔法使いだったとの伝承がある。

「ラオ家の魔術書は直系の子孫の血が発動条件だったのだけれど――」

オスカーは魔術書を眺めて、しばし固まり――やがて、はあ、と大きなため息をついた。

「――この魔術書の発動条件は血液ではない。大きな魔力も必要ない」

「知っているの？」

「もちろん。これはレプリカだからね。本物は僕の屋敷にあったはずだ。……いや、ひょっとしたら、ないかもしれないが……」

オスカーは苦い表情を浮かべて、魔術書を閉じた。

「どうしてシャーロットがこの屋敷に来て、そして大人しくしているのか、わかったよ」

「どういうこと？」

「待っていたんだな、彼女は。——まだ日が足りないから」

ため息をついて見上げた空はまだ、青い——。

◆

イーザの湖は透明度が高いことで有名だ。

きらきらと光る湖面の下では魚が群れ成して泳いでいる。オールをゆっくりと動かしながらレヴィナスは傘をさして微笑むシャーロットと向き合っていた。

「——楽しそうだね、シャーロット」

婚約破棄をされてカノンに泣きついたというのに、シャーロットの表情からは憂いを感じることはない。空元気だろうか？

「うん、だってイーザってすごく綺麗で——静かで好きよ。また来たいな。今度は別の形で」

「義姉上の手伝いはどう？　慣れないから大変だろう？」

「すごぉく大変……！　本当に司書って地味な仕事だよね。どうしてお義姉様があんなに情熱を傾けているのか、わからないな。意外に重労働だし！　一日に何度も本を棚に出し入れするから指に力が入らなくなって昨夜は痛くて大変だったのよ。けれどお義姉様は全然、苦にしていないみたい。——珍しく手が止まったと思ったら、真面目な顔してじっとリストと睨めっこしているの」

　カノンの表情と仕草をシャーロットが真似る。

「『この本はどこかで見たような気がするわ。ああ、タイトルが変わっただけで中身は同じなのね？　出版はどっちの版が先なんだろう？』とね。わからないことがあったらすぐ調べていて感心しちゃった」

「――驚いた！」

「どうかした？」

「……シャーロットと義姉上の喋り方があまりにそっくりだから」

　ふふ、とシャーロットは花が綻ぶかのように笑う。

「私とお義姉様がそっくり？　そうね、お義姉様は嫌がるかもしれないけれど、二人きりの姉妹なんだもの。似ていて当然よ」

　姉妹の容姿はまるで違う。姉妹の一番身近にいたレヴィナスでさえ、二人を今まで似ていると感じたことは一度もなかった。だが、先ほどのシャーロットの「カノンの真似」はゾクリとするほど似ていた。口調も表情もカノンそのものだ。

　シャーロットはくすくすと無邪気に笑う。

「私ね、人の観察は得意なの。ここ数日、ずうっとお義姉様を見ていたんだもん、似ていて当然だよ！　レヴィナスが驚くくらいなのだからきっと大丈夫ね？　――あなたがきっと一番お義姉様に詳しいだろうし」

レヴィナスは言葉に詰まった。

「そんなことはない。僕は結局のところ義姉上の何も見ていなかったんだと思う」

――だから、彼女とレヴィナスは今、一緒にいない。

カノンが皇太后に手紙を出す前に、大丈夫か聞けば良かった。

カノンが勤め始めてすぐ、一緒に暮らそうと誘えば良かった。

カノンが――皇帝の手を取る前、僕を見ろと乞い願えば――。

分岐点は何度もあった。しかし、レヴィナスはそのすべてで、選び違えた。

ダンスホールで踊る皇帝とカノンの姿を思い出して唇を噛む。大勢の人間がいるのに、二人以外にはいないように踊るカノンの視界には、もうレヴィナスが入り込む隙間《すきま》はない。

「陛下なら、きっと君とカノンの違いに気づく」

レヴィナスの呟きに、シャーロットはふと真顔に戻った。

「そうね。ルカ様は気づくかもしれないね。不思議。どうしてなのかな……。お義姉様と私の何が違って――どうしてルカ様は私よりお義姉様がよかったんだろう？　どうして？」

心底納得がいかないと言いたげにシャーロットは首を捻《ひね》った。

ルカ様、とまるでカノン本人が彼を呼ぶかのような親しげな口調だった。

ルーカス本人が聞けば一瞥《いちべつ》して凍えそうな視線を浴びせられそうだがシャーロットはまるで

己がカノンになったかのように気安く口にした。

カノンが困った時に眉間に皺を寄せる癖まで一緒だ。

「――彼女は綺麗だから。だから、皇帝陛下は気づくんだろう」

そう言おうとしてやめた。シャーロットは自分の方が綺麗だ、と反論するだろう。

それがわかっているのに――わざわざ口にすることはない。

「あのルカ様には人を見る目がないわ。私、思うのよ――皇帝には本物を見分ける力が必要なんじゃないかって。見る目がない人は皇帝になんか、なったら駄目なんだから！」

「不遜だよ、シャーロット」

「そうかなあ？　だって、私よりお義姉様を選ぶなんて変よ！　お義姉様は魔力だって私に負けるし、ミアシャ様みたいに話術が巧みでもないし、私や皇女殿下みたいに特別に美しいわけでもない――あ、いけない！　皆が言えない事実を正直に言ってしまうから、一部の人は私を嫌うのね――耳に痛い真実は誰も聞きたくはないもの。きっとお義姉様も、そう」

シャーロットの声音に悪意は混じっていない。

ただ事実を言っているかのような、奇妙な淡白さがある。

「見る目のない皇帝陛下と、みすぼらしいお義姉様。そんな二人が幸せになるのはあり得ない。国の頂に立つ二人がそうなのは、よくないわ。間違いは正さなくちゃ」

「間違いを正す、って――どうするつもりなんだ？」

「正しい形に戻せるように頑張るね！　きっと皆、喜んでくれる。皇女殿下もきっと喜ぶわ。正しい形で皇都に戻った皇帝と未来の皇妃を笑顔で迎えてくださる！」

「シャーロット――」

レヴィナスが名前を呼ぶと、シャーロットはにこにこと機嫌良く笑った。

出会った時のままシャーロットは何も変わっていない。

明るく、快活で――自分だけが正しく、世界の中心にいるのだと信じて疑わない。

ある意味、カノンよりシャーロットの方が皇妃に向いているのかも、とぼんやりと思う。義妹の精神は他人から傷つけられることがない。

自分を批判する存在を、間違いだと認識して、自分の中で消してしまうからだ。

他者を正しく捉えて、批判したりされたり、意見をぶつけ合ったり、そんなことに意味を見いだしたりはしない。

カノンとは違う。

いつも真正面から対峙して、他人の痛みを自分のもののように感じてしまう。そんな彼女に皇宮の生活は辛《つら》いだろう。誰かから命を狙《ねら》われたり、悪意を抱かれたり――。

そんな危険な世界には、カノンはふさわしくない。

――どこかへ、逃げた方がいい。安全な場所に。

脳裏で、誰かが囁く。赤い瞳の誰か……いや、違う。

これは自分の意思だ。自分で決めたことだ――。

――これは全くの善意だ、彼女のためだ。

レヴィナスはどこか虚ろな表情で「そうだね」とシャーロットに相槌を打った。

◆

「――今日で蔵書の半分はリスト化できそうね」

図書室でカノンは呟いた。イーザに来て十三日目。明後日にはルメクに帰ろうという頃合いだが当初の予定よりも二日早くリストが仕上がりそうだ。

「あなたは優秀ね、シャーロット」

精緻《せいち》にまとめられたリストに視線を落としてカノンは感嘆した。

シャーロットがはにかむ。

「そんな！　――初めての作業だったから慣れなくて。お役に立てましたか？」

「皇宮図書館の司書に任命したいくらいよ――侯爵夫人になるのでなければ、ね」

「それは、諦めなきゃいけないかも……って思っているんです。オスカーはあれから私に手紙もくれないし……どこにいるかは絶対わかっていると思うのに」

シャーロットは目を伏せた。

「――約束はしたし、オスカーのところには一緒に行きましょう」

気遣うカノンに、シャーロットは微笑んだ。

「本当にいいんです。だけどもしもご褒美をくれるなら、みんなで夕食をとりませんか？」

「夕食？」

今まではカノンはルーカスと、シャーロットはレヴィナスと別れてとっていた。

もちろん、カノンがシャーロットを警戒して、だ。

「今日は満月だし——テラスで月を見ながらみんなで楽しく会食をしませんか？　——お義姉様が皇妃になったら、ゆっくり姉弟で過ごす時間なんかなくなるでしょう？」

カノンは夕暮れの空を見た。

「今夜が満月だなんて知らなかったわ。詳しいのね、シャーロット」

「たまたまです」

カノンは少し考える風だったが、了承した。

「最後なのですし、皇帝陛下もどうかご一緒に——！」

「そうね。あなたとこうして夕食をとることも難しくなるだろうし——。いいわ」

カノンが承諾すると、シャーロットは嬉しそうに目を輝かせた。

カノンはテラスにテーブルと椅子をセッティングさせ、場を設けてもらう。湖でとれたという魚を調理するので、ジェジェまで呼ばれて席に着いた。

「ルカ様まで付き合っていただく必要はなかったのに」

小さな声で言うとルーカスは軽く笑った。

「毒を食らわば、皿まで。乗りかかった船だ。まあ楽しむさ」

会食は意外なほど和やかに進んだ。

ルーカスはほとんど黙っているだけだったが、シャーロットがカノンに質問をして、話を広げ、レヴィナスは相槌を打つ。傍目《はため》から見れば、家族の和やかな晩餐《ばんさん》に見えるだろう――。

夕食を食べ終えて、侍女たちが下がる。

四人だけになったテラスで、シャーロットはおもむろに立ち上がった。

南の方角にある満月を背にして、カノンたちを見る。

「皇帝陛下とお義姉様に贈り物をご用意したのです。受け取っていただけますか」

「シャーロット？」

「お義姉様、私にこの前、聞きましたよね！　初代ディアドラ侯爵の詩集にかけられた魔法がどんなものかわかったら教えてほしいって」

「言ったわ――わかったの？」

「はい――。以前、同じものをオスカーの屋敷で見たことがあったんです」

シャーロットは持っていた鞄《かばん》からカノンが持っていた詩集とよく似た本を取り出す。

ルーカスがわずかに反応した。

「あ、同じじゃなかった。お義姉様が持っていたのはニセモノで、これが本物なんです」

本物、というのを強調するかのようにシャーロットは笑った。

『月の銀を地上に降らせ』

シャーロットが詠唱を始めると、魔術書に銀の光が集まり始めた。

満月から、きらめく光が降ってくるように錯覚してしまう。

「っ、シャーロット何を!!」

「正しい形に戻さなくっちゃ――!　私がお義姉様より『上』にいないなんて、そんなのおかしいもの。皇宮の一番高いところには私が行かなくちゃ!」

「何を……っ!」

あまりの眩《まぶ》しさに、カノンは目を瞑《つむ》る。

「にゃっ!!　眩しいんだけどッ!!」

その場にいた四人と霊獣を眩《まばゆ》いばかりの閃光《せんこう》が包んだ。


――遠くでざわめきが聞こえる。

「……様、カノン様……伯爵……っ!　陛下っ」

カノンはずきずきと痛む頭を押さえてふらふらと立ち上がった。

あまりの眩しさに一瞬意識を失っていたらしい。

「大丈夫ですか、何が――」

キリアンの焦った声が、少し離れたところで聞こえる。

カノンはゆっくりと瞬《まばた》きし、状況を把握しようと努めた――。

「……やっぱり、何か企んでいたのね。シャーロット」

カノンの断罪する声音にレヴィナスがびくりと肩を震わせた。

視界に飛び込んできた光景に、カノンは叫んだ。ルーカスが倒れている。

「ルカ様！」

カノンが叫ぶと、キリアンが困惑したようにこちらに視線をやった。

「キリアン、陛下を寝室へ！　そして、その子を捕らえて！　早く！　また魔法を使うかも」

カノンは絶句した。倒れたルーカスに駆け寄っているのは、黒髪の女性だった。

カノン・エッカルト――自分自身だ。

視界の端で、ジェジェが不思議そうに自分の前脚を眺めて、呑気に舐《な》めている。霊獣は人間たちをちらりと見ると何を思ったかテラスから庭へと駆け降りた。

「……？　私がいる？」

視線の先にいる『カノン・エッカルト』は、こちらを指さしてきた。

「シャーロット・エルセラ・ディ・パージルを捕まえて！　私とルカ様を攻撃してきたわ！」

カノンを近衛騎士たちが取り囲んで押さえる。

抵抗するが、屈強な男たちはびくともしない。

「こちらへ来いっ！」

引きずられていきながらカノンは硝子《ガラス》に映った自分の姿を見て愕然《がくぜん》とした。

美しいストロベリーブロンドの髪が乱れ驚いたように青い目を瞠っている。硝子に映った「自分」はカノン・エッカルトではなく――、どう見てもシャーロットだ。

「早く連れていって！　ルカ様っ……キリアン、早くお医者様を！」

カノン・エッカルトが焦ったようにキリアンに懇願している。

「待って、違う――私じゃないっ……それは……！」

「黙れっ」

押さえつけられて呻く。

私ではない、それは私ではない――！

喚《わめ》いても、カノンの叫びは誰も聞こうとしない。

――私の中に入っているのはシャーロットなのに!!

## ★第四章　僕を見て

別荘の東側、図書室の一角に軟禁されたカノンは、悪夢にうなされて跳ね起きた。

『シャーロット』が命じるまま、近衛《このえ》騎士たちに部屋に押し込められて、そのまま朝である。

カノンは逃げられないように足を鎖で繋《つな》がれ、近くには侍女がいてカノンを見張っている。

足音が聞こえてきて扉に視線をやると、黒髪の女性――カノンの顔をしたシャーロットが入ってきた。

シャーロットは侍女に微笑《ほほえ》む。

「妹と二人で話をしたいから、席を外してくれる？」

「しかし、危険ではないですか？」

「大丈夫。シャーロットだって、魔術書がなければ何もできないわ。もう安全よ」

安心させるような言葉づかいも声音も、いかにも自分が口にしそうで、寒気がする。

二人きりになると……カノン、いやシャーロットがにこにこと笑った。

「……目覚めはどう？　『シャーロット』。よく眠れた？」

カノンは盛大にため息をついた。

「あなたのおかげで最高の気分よ」

シャーロットは興味深そうにカノンを見る。

「お義姉様は困った時に髪をかき上げるのね？　覚えたわ」

「……シャーロット……」

カノンは呻《うめ》いた。イーザに来てからやけにシャーロットの視線を感じると思っていたが、カノンを観察していたのか。

「私とお義姉様に何が起こったか知りたいですか？　大体はわかっていそうだけど……」

「そうね。でも、あなたの口から教えて」

シャーロットはカノンの顔で──今度はシャーロット独特のふわりと花がほころぶような柔らかな笑みをこちらに向けてきた。

「お義姉様は初代ディアドラ侯爵に、初代皇帝がつけたあだ名を知っている？　皇帝はディアドラ侯爵を『私の密告者』と呼んで寵愛《ちょうあい》していたの」

「いやなあだ名ね？　どうして、そんな名前をつけたの」

「偉大な魔法使いだったディアドラは、魔法で自分と誰《だれ》かの魂を入れ替えられたからよ。今の私とお義姉様みたいに！」

──初代のディアドラ侯爵は、魔法で自分と対象者の魂を入れ替えられていたらしい。そして、敵対する陣営の誰かに成り代わって情報を集め皇帝に密告する。

「そうやって、目的を遂行したら再び元に戻って相手の身体《からだ》を処分していたんですって！」

笑って話す話でもない。

「乗り換えた先の身体が気に入った場合は、前の身体を捨てることもあったとか」

「……詳しいのね。オスカーから聞いたの？　それとも」

シャーロットはくるり、と回って見せた。ドレスの裾が翻《ひるがえ》る。

ああその仕草も私はすることがあったなとカノンは感心さえした。よく見ている。

「ふふ、内緒！」

可愛《かわい》らしく言わないでほしい。

自分の顔なのにそんな表情筋の使い方もあったのかと今更知って、愕然《がくぜん》としてしまうから。

「この便利な魔法にも欠陥があるんですよ」

「欠陥？」

「新月と満月の晩にしか使えないし――。初代ディアドラの魔力が薄れてしまって。今では血の近い人間や、特別な契約を結んだ者同士でしか入れ替えができなくなったんですって……！　ふふ、おかしい。私とお義姉様って本当に姉妹だったんですね。父上があんなに疑っているから、てっきり血が繋がっていないんじゃないかと思っていました」

「二度と私に邪心を抱かない、と言っていたのは嘘《うそ》？」

「邪心じゃないですもん！　私は私が正しいと思うことをやるだけ」

――屁理屈《へりくつ》もここに極まれり、だ。

「それで？　私になってどうするつもり？」

「――間違いを正すの」

「間違い？」

ぽかんとしたカノンをシャーロットは指さした。

「だって、今の状況ってとっても変！　私の方がお義姉様よりも可愛くて賢くて強いのに。どうしてルカ様は私を選ばないのか、ずっと不思議だったんです。それでね、――私、わかっちゃったの」

「何がわかったのよ」

「ルカ様は、皇族の血を引く伴侶《はんりょ》がほしかったのよ。だから私がそうなるの。かび臭い部屋を好んで本ばかり読んでいるお義姉様より、社交的な私が皇妃になった方が、トゥーランのためになる！　私がカノン・エッカルトという立場で皇妃をやってあげます」

シャーロットは鼻歌でも歌いだしそうな様子で宣言した。

「馬鹿《ばか》を言わないで！　そもそも自分の身体にこだわりはないの？　この身体は、あなたのお母様が生んでくれた――そして、あなたが生きてきた証《あかし》でしょう？」

きょとん、とシャーロットは首を傾《かし》げた。

「変なことを言うのね、お義姉様。どんな姿でも私は私！」

自己肯定感の高さに、カノンは脱力した。

「――お義姉様がどんな口調で話すのか、どんな振る舞いをするのか、この数日間で思い出したわ。だから私きっとうまくやっていけると思うの」

「……たとえあなたが私を真似《まね》ても、ルカ様は気づくわよ」

カノンは、先ほどの光景を思い出した。

まさか魔法の影響でルーカスが倒れるとは思っていなかった。

うーん、と人差し指を顎《あご》に当てて可愛らしくカノン・エッカルトの姿をしたシャーロットが首を傾げる。

「レヴィナスにも言われたの。もしも私とお義姉様が入れ替わったら、ルカ様だけは気づくだろうって。ルカ様は私の中身も気にするんですって」

「当たり前でしょう！　人間は身体だけでその人なのではないわ」

「だからね、ルカ様も――正しい形にすることにしたの」

「……どういう意味？」

シャーロットは答えずに、カノンを指さした。

「私を好きにならないルカ様はいらない、ってこと」

カノンの顔をしたシャーロットはカノンに手を振った。

「じゃあね、シャーロット。しばらくこの別荘で反省していて。――そのうち快適な地下牢《ろう》にお引っ越しさせるわ！　あなたを一生そこに住まわせて、たまにお世話してあげる」

シャーロットは騎士を呼んでカノンの手足を縄で縛る。

勝ち誇ったような表情をカノンにだけ見える角度で浮かべ、妹は部屋を出ていった。

外側から鍵のかかる音がする。

「シャーロットが逃げ出さないように見張っていて」

「伯爵はどうなさいます？」

「ルカ様と一緒に皇宮に戻るわ──シャーロットのことは、あとで連絡するから監視していて。手荒なことはしないでね。……私を傷つけはしたけれど。血の繋がった妹だから」

扉の向こうからキリアンと、「カノン・エッカルト」の声が聞こえてくる。

自分がいかにも言いそうな台詞《セリフ》に、カノンは深いため息をついた。戸棚に張られている硝子《ガラス》に映った己の顔を──可憐《かれん》そのものの、シャーロットの顔を見つめてため息をつく。

「まさか本当に実行するなんて……」

カノンは低く呻く。


──この魔術書なら見たことがある。

イーザを訪問したオスカーは、カノンたちにそう教えてくれた。

『だけど、発動条件は血ではない。時間だ』

『時間？』

『我が先祖の魔力は月の満ち欠けに左右されていたと言います。満月と新月の時にだけ、とある魔法を使えたのです――。入れ替わりの魔法を』

シャーロットは初代ディアドラの話を聞いて、魔術書を欲しがった。

オスカーはさすがに「危ない物だし、使うべきではない」と渡さなかったらしいが。

ルメクに戻ったオスカーが屋敷を確認したところ、厳重に保管していた場所から魔術書は盗まれていることがわかった、と伝えてきた。

マイラが言っていた「皇女様が欲しがっていた詩集」とおそらく同一だ。

きっとマイラから皇女経由で、それからシャーロットに渡ったに違いない……。

『満月の日、シャーロットはカノンとの魂の入れ替えを行うつもりだ』

長い時を経て、魔術書に込められた魔力は薄れた。

何代か前の当主が試した時は親子、兄弟でしか身体の入れ替えはできなかったらしい――以前のように、万能な魔法ではない。

だが、カノンと身体が入れ替えられると知ったら……シャーロットならばやるだろう。

そう結論づけて、カノンはあえてシャーロットの企《たくら》みに乗ってみることにした。

もしも――シャーロットが本当にカノンとの魂の入れ替えを行うならば、それは間違いなく皇妃になる人間への加害だ。

もはや、言い逃れはできない。今度こそシャーロットを公に罪に問える。

たとえ、シャーロットのカノンへの成り代わりが完璧でも、ルーカスが事情を知っていれば問題ない。

ルーカスはそろそろカノンを迎えに来てくれるはずなのだが。

『だからね、ルカ様も——正しい形にすることにしたの』

どうにも、シャーロットの言っていたことが気になる……。

「それにしても、ゲームの強制力って怖いな」

カノンはぼやく。

ゲームの中でも、「ディアドラ家の秘宝」を使い、カノンがシャーロットと自分の身体を入れ替えるルートがあった。「ディアドラ家の秘宝」は本ではなかったし、微妙にずれているようだが、身体を入れ替えるというのは同じ……。

あれはイーザにオスカーとシャーロットが避暑に来た際に発生するエピソードで、あの時は「カノン・エッカルト」が皇帝の歓心を買うためにシャーロットになったのだが。

現状、逆のことが起こっている。

カノンは記憶を取り戻してから、ゲームの内容を変えようとしてきた。

もはやシャーロットとの関係は絶たれたと思っていたのに。彼女と再び関係することになってしまい、挙げ句の果てにゲームと同じ行動を、今度はシャーロットがやっている——。

「悪役《わたし》がどんなに足掻《あが》いても、結局はシャーロットに都合よく世界が回るのかな」

カノンが縛られた両腕に額を載せて不安を紛らわせていると、扉の向こうから話し声が聞こえてきた。きっと、ルーカスが戻ってきてくれたのだろう。

「ルカ様！」

開いた扉に期待を込めて、カノンはあっと口を押さえた。

見上げたその人物はルーカスではなく。窶《やつ》れた顔をしているレヴィナスだった。

「レヴィナス……！」

「二人きりにしてくれるか？」

護衛の騎士たちは顔を見合わせたが、レヴィナスに従った。

レヴィナスは痛ましげにカノンを見た。

いや、シャーロットを、か。カノンは義弟を見た。

「レヴィナス……」

名前を呼んで……唾を飲み込む。

ロシェ・クルガの忠告、オスカーの密告。シャーロットを連れてきたレヴィナス……。

カノンはぎゅ、と唇を噛《か》みしめて弟を見た。

認めたくはないが、聞かないといけない。

「あなたは、シャーロットが何をするつもりか知っていて、力を貸したのね？」

レヴィナスは無表情で頷《うなず》いた。

「魂を入れ替える魔法ですね、義姉上」

正しくカノンが誰か、を認識している義弟に、やはりそうなのか、と絶望してしまう――。

「――どうして？　――シャーロットの企みを知っていて協力したの？　なぜ？」

「シャーロットのためではありません」

「では、誰のため？　――皇女殿下のためなの？」

知らないうちに、カノンはレヴィナスの「邪魔」になっていたのだろうか。彼は皇女に協力することに決めて、カノンを害そうとしているのだろうか。

泣きそうな声で問うカノンには答えずに、レヴィナスが胸元から冊子を取り出した。

低く何かを唱えると二人の周囲を風が取り囲む。

「知っていましたか、義姉上。僕も魔術書があれば魔法を使えるんですよ。これは風の魔法です。僕たちの周囲を風が遮断して……、秘密を話しても護衛の騎士には届きません」

「……レヴィナス？」

いつもの通り義弟は優しい視線でカノンを見て、魔術書を棚に置いた。

胸元から取り出したのは鋭いナイフだった。

カノンは叫ぶのも忘れ、義弟を見つめた。

刃物が、近づいてくる――手を取られて背中を冷たい汗が伝う。

一瞬先の痛みを予測して目を閉じた次の瞬間、手を縛《いまし》めていた圧がふっと消える。

「――？」

カノンがおそるおそる薄目を開けると、手首を縛っていた縄が、レヴィナスの持っていたナイフで切断されていた。

「魔法のおかげで声は聞こえません。義姉上、――転移の魔術書も持ってきていますから――ここから逃げましょう。シャーロットが何かしてくる前に」

「レヴィナス……？」

混乱するカノンをレヴィナスが支えて立たせた。

「急ぎましょう、早く！」

カノンの手を引っ張るレヴィナスをカノンは制止した。

思わぬ抵抗にレヴィナスが立ち止まる。カノンは義弟の手を握り返しながら、聞いた。

「待って。意味がわからないわ――シャーロットのためでないならどういうこと？　レヴィナスはシャーロットに、あるいは、……皇女殿下に協力しているのでは、ないの？」

レヴィナスは、驚いたようにカノンを見返したが――ゆっくりと首を振った。

「……皇女殿下と協力などしません。僕はただ――義姉上を救いたいだけです」

「救う？」

予想外の言葉にカノンはぽかんと口を開けた。

「皇女殿下が興味を持つのは、陛下の婚約者のカノン・エッカルトです――。あなた個人ではない。だから――このまま逃げれば、きっと平穏に……」

レヴィナスが痛い、という風に頭を押さえる。

「レヴィ……?」

何か、様子が変だ。

心配するカノンには気づかぬ様子で、レヴィナスは本棚に近づいた。

一冊の魔術書を取り出して、レヴィナスが叫んだ。

「我が呼びかけに応《こた》えよ! ――我らを闇《やみ》より救い出せ!」

二人を風が包む、カノンが衝撃に目を閉じて、再び開くと――、別荘の裏手、竜舎の近くに来ていた。一瞬で、魔法で転移してきたらしい。

竜舎には一頭の見慣れぬドラゴンが繋がれていた。レヴィナスはドラゴンの前までカノンを連れてきた。

「魔法のおかげで物音は遮断されています。僕たちの逃亡にまだ誰も気づかないはずだ。ここから東に半日も飛べば商業都市にたどり着きます。そこまで行きましょう、義姉上。まだ、間に合う。きっと――今度は間違えない」

オスカーとシャーロットが婚約破棄をしたなら。

以前、彼女に焦がれていたレヴィナスが、再びシャーロットのために動いたとしてもそれは仕方ないと、そう思っていた。

だが、それはどうやら違うらしい……だが、なぜ……。

「シャーロットが私と身体を交換したいと願っていたことを、あなたは知っていたのね？」

レヴィナスは苦しそうに頷いた。

「それは、どうして？　シャーロットの願いを叶《かな》えるため？」

「――違うっ！　シャーロットのためなんかじゃないっ！　全部あなたのためです！　あなたの安全のためだ……！」

両肩を掴《つか》んでレヴィナスが叫ぶ。

「私のため？　……レヴィナス？」

「僕は、あなたの味方です。信じてください――あなたを、逃がさなきゃ……」

レヴィナスがひどく焦っているので、反対にカノンは冷静になる。

それから、ここ最近、何人かに言われた義弟に関する言葉を思い出す。

ロシエ・クルガは「レヴィナスは皇女に与《くみ》している」言っていた。

ジェジェはあまりレヴィナスを信じすぎるな、と。オスカーは「君に優しくしたのと同じくらい、レヴィナスがシャーロットに優しくしていた」と言っていた。

ルーカスは……弟をなんと評していただろうか。

皇帝の言葉を思い出しながらカノンは弟の手を取った。

「信じるよ、レヴィナス。あなたは私の味方だよね、いつでも」

「カノン……」

レヴィナスがほっとした表情になる。

「レヴィナスは、今まで私をずっと助けてくれたから。誰が何と言っても私はあなたを信じる――味方でいてくれるって」

「じゃあ」

カノンは首を振った。

「だからこそ、こんな形で一緒には行けない。お願い、教えて。何をしようとしているの？」

問われて、レヴィナスが痛い、――と呻いて頭を振る。

「っ……、逃げるべきなのです。ここから、トゥーランから……！」

「どうして？　私はルーカスと結婚して皇妃になるのに？」

レヴィナスが目を見開く。

「皇帝の家族は、皆――殺されたではないですか！　父母も！　誰も残ってはいない！」

義弟は叫んだ。

「あなただって危険だ！　先日は馬車が襲われ、今はシャーロットがあなたを殺そうとしている。――シャーロットだけじゃない。あなたに危害を加えようと企む輩《やから》は、大勢いる。今まで だって、たくさんいたじゃないですか！」

声を荒らげたレヴィナスに抱きすくめられて、カノンは呆然《ぼうぜん》とした。

「皇女殿下は――皇帝陛下を憎んでいる。けれど陛下を殺すことはできないと聞きました。……だから、陛下を苦しめるためだけに、代わりにあなたに害をなそうと狙《ねら》っている」

カノンは皇女の冷たい視線を思い出してわずかに震え、レヴィナスの腕に力がこもる。

「それに、あなたは皇妃なんかに向いていない。本当に皇妃なんかになりたいんですか？」

「それは……」

カノンは即答できなかった。なりたいかはともかく。向いていないのは否定しづらい。

「あなたを守るべき皇帝は皇都に帰って、偽物のカノン・エッカルトと幸せになればいい。誰もが笑顔の裏で舌を出しているような世界に、あなたは行くべきじゃないんだ……！」

沈黙したカノンをそっとレヴィナスが抱きしめた。

「シャーロットは今でも、僕が彼女に協力していると勘違いしている。僕が彼女を守るためにあなたを見張っている、と。だから、僕が何をしても疑わないはずだ。このまま――東の国に行きましょう。そこなら、あなたを知っている人間は誰もいないし、僕がずっと守るから」

レヴィナスの腕に力が込められカノンは弱々しく首を振った。

「痛いよ、レヴィナス……」

困惑しつつも、そうだったのか、という気がしていた。

いくら鈍いカノンでもさすがに気づく。レヴィナスが向けてくる視線の意味に、ようやく。

「あなたが好きです。カノン」

「……レヴィ」

「あなたが皇宮に行く前に、皇都で一緒に暮らそうと誘えばよかった。そうしたら、あなたは陛下に会わなかったでしょう？　二人で小さな屋敷でも借りて、そこに住めば……」

カノンは思い出していた。

十八歳の誕生日。レヴィナスだけがカノンの成人を祝ってくれた。

そのことがどれだけカノンの心を慰めたかわからない。

綺麗《きれい》なガラスペンはカノンのお気に入りだ。これからもずっと。

力なく、レヴィナスの言葉が細く尖《とが》っていく。

「――そうすれば、今、あなたの隣にいたのは僕だったかもしれないのに……」

もしも。カノンは義弟の体温を感じながら考えていた。

カノンが家を出る時にレヴィナスに誘われていたらどうしていただろう。

義弟の親切を受けて、彼のもとに身を寄せていただろうか？

レヴィナスの厚意に甘えて彼の近くで何か本に関わる仕事をしていただろうか。それとも、やはり皇太后に頼んで皇宮図書館にいただろうか。

カノンは目を閉じた。

――どうしてだか、皇宮図書館で昼寝をしていたルーカスが思い浮かぶ。

姫君、と。

婚約してからは名前で呼ばれることが多いが、あの呼称と揶揄《からか》う声がカノンは好きだった
——だから、少し寂しい。

カノンがレヴィナスに答えようとした次の瞬間——

レヴィナスの足下に、ヒュンッ……と音を立てて何かが飛んできた。

とっさにレヴィナスとカノンが避《よ》ける。

「——何？」

「義姉上、伏せてっ」

二人のすぐ側《そば》の地面に刺さったのは矢だった。レヴィナスがカノンを庇《かば》いながら小屋の陰に隠れる。視線をやると、黒装束の男たちが数人、明らかな敵意を持ってこちらを見ている。

剣を持った者、弓を構えている者それぞれだが、彼らの顔立ちはあまりトゥーランでは見慣れぬものだ。切れ長の黒い瞳《ひとみ》、東国人のように見える。

そして、カノンは賊たちの剣が特殊なのに気がついた。——鍛えた鋼《はがね》の美しい銀色ではない。

刀身が、黒いのだ。

——カノンは思い出した。

「キリアンが言っていたわ。別荘の周辺に黒鉱石の武器を持った不審者がいるって」

カノンは、もう一つ、不穏なことを思い出していた。

つい先日同じような顔立ちの人々が黒鉱石を扱うのを見た。東部のラオ侯爵の領地で、おそ

らく皇女の命令で、彼らはミアシャの兄、セネカ・ラオを殺した――。

「皇女殿下の――、私兵だわ……」

レヴィナスが目を瞠《みは》る。

「……どうして……」

男たちが、カノンとレヴィナスに気づいた。

「いたぞ！　女はあそこだ！　――殺せッ」

男の一人が矢をギリギリとつがえる。ヒュンと音を立てて飛んできてカノンは衝撃を覚悟して目を瞑《つむ》った。

「……ぐっ……！」

カノンを咄嗟《とっさ》に庇ったレヴィナスの二の腕に深々と矢が刺さっているのが視界に入り、カノンは悲鳴をあげた。

「義姉上……無事ですか？」

「レヴィナス！　レヴィナス！　なんてことを……！」

レヴィナスはカノンを庇うように立つと、小屋の側にあった農具を持って男たちに対峙《たいじ》した。

「――何の真似だ……」

男の一人がせせら笑った。

「あのお方は気が変わった、と仰せだ。やはりその女の中身も気に入らない。処分せよ、と」

男たちが近寄ってくる。

――と。

「パージル伯爵！　ご無事ですか！」

離れたところから、聞き覚えのある声が聞こえてきた。キリアンだ。

キリアンが腰の剣を抜いて、黒衣の男に斬りかかる。だが、彼は過去の怪我《けが》のせいで剣をうまく振るえない――劣勢のまま、剣がキリアンの二の腕を切り裂く。

カノンは悲鳴をあげて。

「やめて！　二人は関係ないでしょう――！　あなたの主人は私だけ殺せば満足するはずよ！手出しは――やめて！」

「駄目だ、カノンっ……」

カノンの叫び声に黒衣の男たちは動きを止める。

一人の男がやけに楽しそうにニィと口の端を上げた。

「殊勝だな――ならば、おまえを一番先に殺してやる」

よせ、と飛びかかったキリアンは鳩尾《みぞおち》を蹴られて蹲《うずくま》る。

カノンは、きっと睨み付けた。

――震えてしまいそうになる身体を、自分で抱きしめて堪《た》える。

男がニヤニヤ笑いを浮かべて剣を持ち出し――

「ぎゃっ！　あああっ‼」

次の瞬間剣を持ったまま、男の腕が地面に落ちた。

「やれやれ――人の別荘を汚い靴で踏み荒らして。しかも俺《おれ》の持ち物に傷をつけるとは――全く無礼な輩だ。動くなよ、目障《めざわ》りだ……」

一瞬遅れて、緊迫した場に似つかわしくない呑気《のんき》な声が聞こえてきた。

「ぐわっ」

襲撃者たちが金縛りにあったかのように動きを止め、喉《のど》をつぶされたかのように低い声で悲鳴をあげた。――キリアンもレヴィナスも負傷した腕を押さえて不思議そうに倒れた男たちを見ている。男たちは皆、一様に足首の腱《けん》を切られたようだった。

血だまりで呻いている。

「安心しろ、命までは取らない。別荘の庭を馬鹿どもの墓にするのはさすがの俺も気が引ける」

――カノンはキョロキョロとあたりを見渡した。

ルーカスの声がする、しかし姿は見えない。

ひょっとして姿を消す魔法を彼は修得したのだろうか？

「ル、ルーカス……？　ルカ様？」

タン、と軽い音を立ててレヴィナスとカノンの前に現れたのは白い猫だった。

「ジェジェ――?」

昨夜から、今までどこにいたのか、白猫は今までに見たことがないほど不機嫌な顔で目を半眼にしている。

「ジェジェ! 怪我はない?」

白猫は尻尾《しっぽ》を振って応えた。

地面に転がっている侵入者たちを睥睨《へいげい》すると、髭《ひげ》をひくつかせた。

「俺の部下を傷つけた責は負ってもらうぞ」

覚えのあるえらそうな口調と何より声に目を白黒させて、カノンはあんぐりと口を開けた。

「ひょ、ひょっとして……、ルルル……、ルカ様?」

白猫は楽しそうにカノンの膝《ひざ》の上に座ってカノンを見上げると、欠伸《あくび》をして小さな牙を見せつけた。

「伯爵! ご無事ですか……」

「こ、これは……」

騒ぎを聞きつけて近衛騎士たちが集まってきた。

近衛騎士たちは、何が起こったのかわからずに、剣を持ったまま呆然としている。

「何をしている。早くその侵入者たちを縛り上げろ。舌を噛ませないように気をつけろ。色々と聞きたいこともあるからな」

「はっ！　――え。でも、猫……？　えっ……？」

「いや、陛下……ジェジェ様……うん……？」

混乱の極みにあるらしい近衛騎士たちは頭に疑問符を浮かべながらも命じられた通り、手際よく侵入者たちを縛り上げて猿轡《さるぐつわ》を噛ませる。

カノンは呆然としたが、我に返ってレヴィナスとキリアンの元へ駆けつけた。

「出血がひどいわ。包帯や薬はある？」

「はい！　すぐに……！」

カノンの声に我に返った騎士が慌てて薬籠を持ってくる。

人狼族の青年はカノンを見るとなんとも複雑そうな顔をした。

「ご安心なさってください。人狼族は頑丈で傷の治りも早い。弟君を、先に――」

レヴィナスを見ると義弟は、大丈夫です、と力なく首を振った。

「頑丈といっても、痛むでしょう。あなたは人狼族といっても半分だけだし、黒鉱石の傷は治りが遅くて治癒《ちゆ》の力も効きにくいって……」

「シャント伯爵。……ご心配なさらず、本当に大丈夫です。お怪我は？」

「私は大丈夫」

カノンが難しい顔で包帯を巻いていると、キリアンの耳は困ったようにぺしゃんこになる。

「まさか……本当に、シャント伯爵でいらっしゃるとは……！」

「え？」

カノンは言ってから自分の姿を思い出す。そういえば、今この身体はシャーロットなのだった。キリアンが、ひいては近衛騎士たちが戸惑うのも無理はない。

「伯爵？」

「司書姫様？　シャーロット嬢が？　では先ほどの伯爵は？」

騎士たちはおそるおそる疑問を口にした。

キリアンは包帯を巻いてくれた騎士に礼を言うと、音もなく近づいてきた白猫を抱き上げた。

ジェジェ――中身は自称ルーカス――はキリアンの腕を逃れると彼の右肩に乗り上げる。

さすがに抱っこは嫌らしい。

「……ご無礼をいたしました」

キリアンはカノンに丁寧に礼をとった。

騎士たちが姿勢を正して剣を鞘《さや》にしまう。

「詳細はわかりませんが――。今、私の目の前にいらっしゃるのは、シャーロット・パージルではなくシャント伯爵なのですね？」

「私がしくじったせいで、身体が入れ替わっているの、その……。信じてくれる？」

「……私が半人狼族なのを、シャーロット嬢は知りませんから。そして、今お話をして確信しました。その口調、行動、あなたがカノン・エッカルト様だ――皇都に戻っていった伯爵のご様子がおかしい、とは思ったのです。ですが――まさか……。いえ、私の目が節穴でした」

キリアンは深く息を吐いてカノンに謝罪し、己の肩で不機嫌に白い尻尾をパタパタと揺らしている猫を撫《な》でた。

「そして――信じたくありませんが。この肩の上におられるのは我が君、と」

「まあ、そうなるよね……」

カノンが驚きつつ白猫を見ると、白猫はふん、と鼻を鳴らした。

「えっ……、やだ！　ルカ様……？　偉そうで可愛い……」

カノンはかつてなくときめいた。

思わず口元を押さえてしまう。ジェジェのようにご機嫌な猫も素晴らしいが、ふんぞりかえって偉そうなルーカスの気質は、実に猫に合う。

「伯爵、そんなことを言っている場合ではありません……」

「あ、うん。そうだね！」

レヴィナスに冷静に指摘されて謝る。白猫ルーカスもなんとはなしに呆《あき》れているようだ。カノンは慌てて自分の頬《ほお》をぺちぺちと叩いた。

「でもルカ様。オスカーとシャーロットは入れ替わりの魔法は親兄弟でしか使えないと言っていました……ジェジェはルカ様の血縁ではないですよね？」

「血縁ではないが契約者だ。――あの猫は歴代皇帝と契約を結ぶ。皇帝の命令には抗《あらが》えない、らしいな。——ある意味、血縁よりも関係は近しい」

だから入れ替われたらしい。

「昨日から、東国兵に狙われて大変だった。どうやら猫は殺せという命が出ているようだ」

キリアンは何ともいえない表情を浮かべて額を手で押さえている。

「我が君」

「なんだ、キリアン」

「……その、ジェジェの身体に陛下がいらっしゃる、ということは——その、現在陛下の身体の中に不届きにも入っているのは——」

一同は、あっ、と叫ぶ。にゃーん、と脳裏に呑気な鳴き声が響く。

白猫は人間たちの絶望したような表情を見渡すと、実に楽しげに肉球を舐める。

「さて——？　皇女も猫を好きだといいが」

カノンは蒼褪《あおざ》めた。皇都が大変なことになってしまう。

「早く——皇都に行かなくちゃ」

白猫はペロリと肉球を舐《な》めた。

「まあ待て、そう急ぐこともないだろう——キリアン」

「はっ」

「その侵入者どもを昏倒《こんとう》させて、地下に繋げ。——それからパージル伯爵邸に連絡を。皇帝の別荘に遊山《ゆさん》に来ていたパージル伯爵とその妹が賊に襲われて、瀕死《ひんし》の重傷だと伝えろ――賊はおまえたちが仕留めた、とな。皇女が信じるかどうかはともかく、時間は稼げる」

カノンが頷いた背後で、ドサ、と大きな音がした。

腕を押さえて、レヴィナスが倒れている。

「レヴィ！」

大丈夫な顔をしていたが、やはり傷はひどかったのだろう。

白猫は、感情の窺い知れない目でレヴィナスを見下ろすと、キリアンにレヴィナスの救護を命じた。

「パージル伯爵のために治癒師を呼んでやれ――可能な限り高位の治癒師を」

白猫は不機嫌に尾を振った。

「――おそらく、彼は皇女の異能に影響を受けている……」

◆

皇帝とその婚約者がルメクに帰還したのは夜も遅くなってからだった。

当初の予定より数日早い帰還に伯爵付きの騎士兼侍女、ラウルは顔をほころばせた。

主のいない皇宮は（ついでに賑《にぎ》やかな猫もいない皇宮は）火が消えたようだったのだ。

「お帰りなさいませ、カノン様。お疲れでしょう？　――すぐお使いになれるよう、湯を用意しております」

「ありがとう、ラウル卿。でも今日はいいわ。湯船に浸《つ》かると、かえって疲れるから」

ふだんしない呼称を訝《いぶか》しむが、カノンはいつものように朗らかに微笑んでいる。

「……左様でございますか？」

トゥーラン貴族だと毎日入らない者も多いし、短時間で済ませる者が多い。

侍女に洗髪させる時だけ湯船に浸かる令嬢も多いが、カノンは、毎日湯船に浸かる。

これが人生の一番の贅沢《ぜいたく》な時間よね、と噛みしめるくらいには好きなのだ。

「カノン様、お疲れならば何か……甘い飲み物でも作らせましょうか？」

ラウルの気遣う様子に、カノンは足を止めた。くすっと笑う。

「私より、ルカ様をお願い。――ご気分が優れないらしくて馬車から降りられないの」

「陛下が!?」

――慌てて馬車の方へ向かうラウルの背中を、カノンはくすりと口元だけで笑って眺めた。

馬車から青い顔をして現われたのは、皇帝だった。

その顔を見てほっとラウルが息を吐く。

「お戻りをお待ちしておりました、我が君」

帝は抑揚のない声で部下の名を呼んだ。

「ラウル」

「はい、ここにおります」

彼は眉根《まゆね》を寄せてラウルを眺めると、おもむろに指をさし、近衛騎士に命じた。

「ラウル卿とシュート卿を捕らえよ。皇帝とシャント伯爵を害しようとした疑いがある」

場は騒然としたが、皇帝の命令に騎士たちは逆らえない。

「へ、陛下――ヴィステリオン侯爵閣下がお怒りに――」

「気にしなくていい。――叔母を呼べ。コーンウォルの恩赦について話したい」

「――へ、陛下？　それこそハイリケ様にご相談されませんと」

「命令だ」

言い切って皇帝は拘束された二人を一瞥《いちべつ》して己の部屋へと歩き始める。

戸惑う騎士を置き去りにし、くすくすと笑い声を零《こぼ》して、カノンは皇帝に追いつくとその腕にしなだれかかった。

付き添って歩きながら彼にしか聞こえない小さな声音で褒める。

「ふふ、ふふ。ルカ様の真似が上手《じょうず》ね。――よくできたわ」

皇帝は答えずに、ただ、無言で歩く――。

◆

――陛下のご命令ですので、どうかお許しを――。

困惑しながらもシュートとラウルが地下牢に押し込められて二日が過ぎた。

「案外地下牢も快適だ。我が皇国は犯罪者にも配慮できる素晴らしい国だと感心したよ」

皇帝の最側近にして近衛騎士、シュートは広くはない地下牢のベッドの上で行儀悪く足を組んでぼやいた。

幸い、殺されることもなく、水とパンは差し入れられたので、体調にさほど影響はない。

「何を呑気なことを言っているっ……！」

同じ独房に閉じ込められたラウルが、ベッドの上でくつろぐシュートを憎々しげに見下ろした。短気で心配性なラウルは神経をすり減らしているようだが。

「ぴりぴりしても仕方ないだろう？　――ここで我々にできることはないし」

「――陛下は明らかにご様子がおかしかった……心配ではないのかっ！」

「俺たちが地下牢で気をもんでも、状況は好転しない」

「私はおまえのそういう情のないところが嫌いだ」

「感情的になるな、と諭《さと》しているんだよ、ラウル。そもそも俺は君の先輩だからね？　少しは敬ってくれないか？」

ふいっとラウルは顔を背けた。

可愛げの無い後輩にやれやれと低い天井を仰いだところで、カツカツと高い、軽やかな音が聞こえてきた。

軍靴《ぐんか》ではない。もっと接地部分が少ない音だ。

ヒールだろうなと思って視線を向ける。――地下牢に見舞いに来る、そしてここに訪問が可能な貴婦人など二人しか思い当たらない。

しかし、この足音は聞いたことがないな――と目を細める。

数秒も待たず、黒い髪を背中に流した貴婦人が近衛騎士を連れてやってきた。

カノンは近衛騎士に少し離れたところに待機するよう命じると、牢に駆け寄ってきた。

「二人とも大丈夫⁉　心配して来たの。ルカ様がここに来るのを許してくれなくて……」

カノン・エッカルト・ディ・シャント。――皇妃になる女性だ。

「――体調に問題はございません。ご心配くださりありがとうございます」

ラウルは困惑し、シュートは微笑む。ラウルが暴走しそうになったら殴って気絶させようとこっそり決めて、シュートは格子の側に寄った。

「私は信じていないの。けれど残念ね、あなたが罪を犯すなんて……」

眉根を寄せて、佳人はシュートを見上げた。

「――私は何の罪でここにいるのでしょうか、伯爵」

「あなたとラウルが共謀して、ルカ様を殺そうとしたって。イーザに刺客を送って……」

そういうことになっているらしい。

「我らが陛下を害するなどあり得ないことです、カノン様――」

ラウルが低い声で主張する。

「私も疑いたくないよ。だけどルカ様がそうおっしゃるんだもの——皇帝の言葉は絶対だから」

カノンは格子に手をかけていたシュートの指に触れ、上目遣いで見つめてくる。

細い指はひんやりと冷たい。

それで、とシュートは笑顔のまま令嬢を見下ろした。

「おまえは誰だ、ニセモノ」

「シュート？」

傷ついた表情を浮かべた女の指を掴んで強い力で握り込む。

鉄格子がキシと鈍い音を立てた。

「痛ッ——」

「伯爵は、おまえのように軽々しく他人に触れない。特に異性相手には。慎《つつし》み深い方だから」

「……痛いじゃないっ、離してよっ！　——近衛騎士ごときがッ……！」

「知性も個性もかけらもない罵倒だね」

「……なんですって」

顔を歪めた女を、シュートは格子越しに煽《あお》った。

「誰かをごとき、と貶《おとし》めるような品のない方でもない。ニセモノ、君はつくづくカノン様の真似が下手《へた》だ――馬鹿で、凡庸で、下品なうえに無能。カノン様の方がずっと素晴らしい」

カノン・エッカルトの顔をした女はシュートの指に鋭く爪《つめ》を立てた。

「あの女が私にっ……！　私に勝る点なんかどこもないわ！　私の方が美しく、魅力的で、賢いッ――父上にも、レヴィにも、陛下にだって――皆が愛するのは私でなければ変よっ！　私の方が、ずぅっと価値がある人間なんだからっ！」

「イテテ……」

シュートは女の手を解放し、苦笑しつつ手を振った。

「――父上に、レヴィね。語るに落ちたな。もう一つ悪口を追加するよ。君は迂闊《うかつ》だ」

女がはっとして一歩下がる。

ラウルが唸った。

「シャーロット・パージル！　あなたか……！　……なんと執念深い女だっ。あの方はどこにいる……返せっ……！」

カノンの顔をしたシャーロットはムッとした顔で、牢から離れた。

「助けてあげようと思ったけど、やめた！　あなたたちなんか大っ嫌い。お義姉様を褒めるなんて、趣味が悪いし！」

「それはどうも」

「皇帝に忠義を尽くすヴィステリオンの嫡子とハイリケの縁者が謀反《むほん》を企てるなんて。――両侯爵には責任をとってもらわねば」

なるほど、それが『シャーロットの背後にいる誰か』の狙いか――とシュートは格子に噛みつきそうなラウルをチラリと見た。

ヴィステリオン侯爵にとって弟の命は皇帝に比べれば軽い――皇帝の命を狙った疑いがある時点で激昂《げっこう》し、死んで恥を雪《すす》げ、と命じかねない。

しかし、ハイリケ侯爵は孫のラウルを気にかけている。

皇帝の姿をした誰かがラウルを処分しようとしたら、交渉の卓には乗るかもしれない。

「陛下に心から謝罪し、私に忠誠を誓うなら取りなしたのに！」

憎々しげにシャーロットがこちらを睨んできた時、彼女の背後に、一人の少年がおずおずと声をかけてきた。

「――伯爵。その、騎士様方の、罪人の食事を持ってきたのですが……どうしましょうか」

シュートとラウルが視線をやると、少年は怯《おび》えたように目を伏せた。

シャーロットも再び「カノン」の仮面を被《かぶ》る。――普段の少年の淡々とした姿を知っていると違和感しかない態度だが、シャーロットは気づかなかったようだ。

「そこに置いてちょうだい」

はい、と少年は頷き、牢の中にさっとトレイを差し込むと、シャーロットに気づかれないように指を動かす。石の床に素早く何か模様を描くふりをした。

ふりなので床に跡は残らないが、単純な模様だったので、少年が何を描いたかはシュートにはわかった。

大きな楕円《だえん》が一つ、その上に丸が三つ――、何の印か思い当たってシュートは笑い出しそうになった。様子のおかしい皇帝と婚約者。片方の中身は義妹。もう片方は……。

なるほど。シュートはラウルの耳元に低く素早く命じた。

「なんでもいい。シャーロットを罵倒してくれ――彼女が無視できずに、ここに長くとどまりそうな言葉を」

ラウルは小さく承知、と言って格子にしがみつくと、大声でシャーロットを罵倒し始めた。

「逃げる気か、このハリボテ女――上っ面だけのニセモノめ――！」

シャーロットは目をつり上げてラウルを睨んだ。

シュートは「よすんだ、ラウル！」と白々しく同僚を止める演技をしながら、シャーロットの背後にいる従士の少年――ノアに向かって口の動きだけで指示をした。

ノアはシュートの従士なので、剣術だけでなくいろいろな技を教えている。

読唇術もその一つだ。賢い少年はじっとシュートの唇の動きを読むと、かすかに頷く。

ラウルに言い返すことに夢中なシャーロットは、シュートとノアのやりとりなど、全く気づかないだろう。ひとしきりラウルを罵倒したシャーロットは気が済むと肩をいからせて踵《きびす》を返し、少年は、それに従うようにして去っていく。

ノアとカノンがとある事件で知り合って、その後も会えば親しく話す間柄だということを、シャーロットは知らない。

取るに足りない従士のことなど知ろうとはしていなかっただろう。

「詰めが甘い、も悪口に追加しておけばよかったな」

シュートの軽口にラウルが渋面になる。

「人畜無害な顔をして、相変わらず嫌な奴《やつ》だな。……しかし、やはり、あのルーカス様はルーカス様ではない。どうすれば……？」

「さて、本人が動いてくれるのを待って、俺たちは俺たちで逃げ出す算段をつけようか」

「どうやって？」

「友情を信じようかな、と」

ノアに告げた内容をラウルに共有すると、ラウルはなんともいえない表情で口を曲げた。

「そんなものは我らの間にはないのだが——胡散《うさん》臭くて、私は気に入らない」

「もう少し色んな人と交流しなさい、ラウル。君と彼の間にはなくても、彼とカノン様との間にはあるだろう。有事に備えて体力をすり減らさないように……さ、まずいパンでも食べようか？」

この提案にはラウルは大人《おとな》しく従って、シャーロットが去っていった方角を憎々しげに眺めながらパンをちぎって口の中に放り込む。

――皇帝が避暑地から帰還したその翌日。

高位貴族からなる「議会」である提案がなされた。

「皇帝の婚姻という慶事にともない、コーンウォル卿に恩赦を与え、皇族としての身分を回復させる」

と。

議会は紛糾し、結論はひとまず棚上げされた。

# ★第五章　あなたに、なりたい

避暑地、イーザの元々の所有者はタミシュ大公ベイリュートである。

ベイリュートの元に皇帝に献上したばかりの別荘で不幸が起こったと報告され、怠惰に午睡《ひるね》をむさぼっていた大公はさすがに飛び起きた。

まさか皇帝とその婚約者が害されたのでは、と案じたのだ。

だが、実際は襲撃に巻き込まれたのは、カノン・エッカルトの弟妹であるという。

『どうか見舞いに、可能な限り早く来てくれ。できれば秘密裏に』

頼み事など何一つとしてしたことがない異母兄キリアンに懇願されては、会いに行かざるを得ない。イーザの近くに存在する転移門を使って、そこから馬を走らせ、単身駆けつけたベイリュートは不機嫌な白猫を頭に載せたキリアンに目を丸くした。

「お呼び立てして申し訳ない――、ベイル」

「キリアンが呼ぶならどこにでも行くよ。おや、……ジェジエ？　今日はずいぶんと凶悪な顔をしているな？　お腹《なか》が痛い？」

いつもご機嫌で腹を見せて寝転がっている白猫が、不機嫌の極み、この世の終わりのような表情でベイリュートを見下ろしている。

「――それで？　私にやってもらいたいこととは？」

それは……とキリアンが困ったように視線を上に――自分の頭の上に居座る白猫に向ける。

「力を貸してもらいたいと思ってな、ベイル」

「……？」

ベイリュートは聞き覚えのある声にきょろきょろとあたりを見渡した。ここにはいないはずの――皇都に戻ったはずの――トゥーラン皇帝の声がする、だが姿は見えない。

「こちらだ、上を向け」

素直に従ったベイリュートは異母兄の頭の上を見て――次の瞬間、理解した。

白猫が実に嫌そうに、しかし偉そうにふんぞり返っている。

「ま、まさか――君……！　ルカ！」

白猫が舌打ちする。その凶悪な顔は、年下の悪友そのものだった。

「あっはっは！　――何それ！　可愛《かわい》すぎじゃないっ、君ッ！」

ベイリュートは爆笑し、白猫に盛大に顔をひっかかれた。

「――外交問題にしてやるからね……僕の美貌《びぼう》が損なわれた……っ」

「野性味が出てよかったではないか？」

白猫がぷいっと横を向く。可愛くないなあと呟《つぶや》きながら、ベイリュートはベッドで青い顔で眠っている青年を見下ろした。

レヴィナス・パージル。皇都にいる（はずの）カノン・エッカルトの弟だ。キリアンが手配した国教会の治癒《ちゆ》師に傷を癒《いや》されて、ベッドで休んでいる。

会うのは初めてだが——とベイリュートは青年をじっと見つめた。

「確かに——誰《だれ》かの力が働いているね」

「力？」

ベイリュートの隣に腰掛けたカノンは首を傾《かし》げた。

「本当に君はカノンなんだな。なんだか慣れないなあ」

ルーカスとカノンの入れ替わりの事情を聞いたベイリュートは、はあ、とため息をつきつつカノンを眺めた。自分でも慣れないので仕方がない。

シャーロットは絶世の美少女だが、やはり自分の身体《からだ》の方が、馴染《なじ》みがある。入れ替わってもさほど嬉《うれ》しくはない。

「君の義弟には、僕と同種の異能が働いている。俗に言う催眠や洗脳の類《たぐい》だね」

「そういえば、タミシュ大公は催眠の異能がおありでしたよね」

カノンは嘆息する。

原作では大公のバッドエンドルートだと、催眠でヒロインを操って好きだと言わせる、というのがあった、と懐かしく思い出す。

ひと月も経過すると洗脳は解けてしまうので、またかけ直すしかないのだが……。

「知っていた、みたいな口調だね。君は僕の能力をいつ知った？　ルカが話したのかな？」

カノンは慌てて首を振った。

「いえ！　そんな能力があって驚いた、という意味で……」

「ふぅん、また君が予知をしたのかと思ったよ」

「そ、そのような能力は私にはありません」

ベイリュートは目を細めた。

「あやしいなあ……まあいいや――。僕のこれは警戒される能力だから、親しい人間しか知らないんだ。それに永続はしないし、魔力が強い人間にはほぼ効かないから安心して」

『皇女の異能の一つは魅了だ。目を見て、対象を洗脳できる。ただ、永続的な効果はないし――そもそも、異能は失っていたはずだが……』

ベイリュートが到着するまでの間、ルーカスが説明してくれた。

年齢を重ねると異能を失うことはよくあるらしいが――その逆は初めて聞いた、とぼやく。

レヴィナスは、カノンのために皇女に近づいたのを逆に利用されて、シャーロットに協力するよう、そしてカノンを連れて逃げるように誘導されていた、ということだろうか。

ベイリュートがレヴィナスの頭の上に手をかざす。

「皇女殿下が君の義弟の精神に関与したのなら、僕が催眠をかけ直す。正気に戻れ、ってね

――理論上は同質の力は打ち消し合うはずだ。やったことないけど」

ベイリュートはさらりと不安を煽《あお》る。

レヴィナスが呻《うめ》く。ベイリュートはカノンをチラリと見て、囁《ささや》いた。

「手を握っていてあげて。彼が自我を取り戻すように」

カノンは大人しくしたがい、祈りの形に義弟の手を包んで、願う。

「レヴィナス――目を覚まして」


レヴィナスが目を覚ましたのは夜半のことだった。

報《しら》せに安堵《あんど》したカノンがベッドサイドに腰掛けて具合はどう？　と聞くとレヴィナスはカノンをぼんやりと見て、それからわずかに苦笑した。

「――義姉上、お怪我《けが》は？」

「無いわ。レヴィが庇《かば》ってくれたおかげで」

「よかったです」

と言ってから、レヴィナスは力なく首を振った。

「いや、よくないな……皇女はあなたの身体がどうあれ、見逃すつもりなんか無かったんだ。なのに、あんな簡単な嘘《うそ》を信じてあなたを危険に晒《さら》してしまった……」

まだ、痛むのか、頭を押さえてレヴィナスが呻く。

「そもそも、僕は義姉上のために皇女殿下に近づいたつもりだったんです」

「私のため？」

「ラオ家の騒動後、皇女殿下は、僕の邪《よこしま》な心を見抜いて、取り引きを持ちかけた」

――黒鉱石を使って謀反《むほん》を起こすつもりだ、謀反に乗じてレヴィナスはカノンと一緒に国外へ逃げてはどうか、と。――そのために手を組もう、と。

「どうして、皇女殿下は、そんな……」

「皇女殿下は、義姉上を失って悲しむ陛下の顔が見たいのだ、と笑っていらした。陛下は、この国を出られない。国外にあなたが行けば――追いかけられない、と」

カノンはルーカスの誓約を思い出した。

初代の誓約のせいで、彼は、この国を出られない。

「最初は、そんな愚かな話に乗るつもりはありませんでした。むしろ、利用してやるつもりでいたんです。――協力するふりをすれば義姉上に有利な情報を引き出せる、と。それなのに、いつからか目的がすり替わっていた。あなたを連れて逃げなくては、とそればかり……」

カノンはレヴィナスの手を握った。

「皇女殿下はあなたに何と言ったの？」

「カノン・エッカルトを大勢が殺そうとしている、と。――皇妃にさえならなければ、あなたはずっと安全に暮らせる……とも囁いた。だから、シャーロットになったあなたを連れて、遠くに逃げろ、と皇女殿下は言いました」

「皇女殿下があなたを唆《そそのか》したのね」

レヴィナスは逡巡《しゅんじゅん》したが、カノンの手を取り、きっぱりと首を振った。

「いいえ、――それは、違う。――皇女は僕を後押ししただけです。――彼女は最初から、僕の本当の望みに気づいていて、誘ったんだ。――黒鉱石のことはただの、餌です――」

真剣な声で滔々《とうとう》と語る義弟をカノンはじっと見つめた。

――このまま、聞くのが怖いという気もする。だが聞くべきだ。

「あなたを連れて逃げたかった――。僕の言ったことは本音ですよ。――今からでも、一緒に逃げてくれませんか？」

青い綺麗《きれい》な瞳《ひとみ》を見つめ返してカノンは静かに尋ねた。

「一生シャーロットの身体のままで？」

レヴィナスが言葉に詰まる。

「だったら、一緒には行けない」

「――理由を聞いても？」

カノンは顔を上げて微笑《ほほえ》んだ。

「中身が私ならそれでいい、と言ってくれるのは嬉しいけれど、同時に残酷な言葉だよね」

レヴィナスに向かって喋《しゃべ》るこの声も、甘く可憐《かれん》だが、本来のカノンのものではない。

「シャーロットは綺麗だけれど、私は、私の身体の方が好き。母上が慈《いつく》しんでくれて、自分が仕事をしてきて、その全部が刻まれた自分が好き。……だから取り返しに行きたい」

言いながら、そっと義弟に手を伸ばす。

抱き合うことはないけれど、手を伸ばせば届く距離。

それが、カノンが義弟に望む距離だ。

「私は皇妃に向いていないかもしれない。それに、命を狙《ねら》われるのも嫌。だけど、レヴィナス、私は、ルーカスの伴侶《はんりょ》になりたいから。……危険と隣り合わせでも構わないの」

レヴィナスは黙って耳を傾けている。

「言ってくれたよね。私が伯爵家を出た時に一緒に皇都で暮らせば良かったたって。家を出た時にあなたの手を取ったとしても――私は結局、ルカ様に出会ったはず。ルカ様が私を皇妃にしてくれるかはわからないけれど――私はきっと、いつ、どこであの人に会っても、きっとあの人を好きになったよ――」

レヴィナスの表情が緩む。

「そして、レヴィナスがずっと大事な義弟なのも変わらない。――一生」

泣き出しそうな、笑い出しそうな、その中間のような表情だった。

「……ひどいな。普通は最初から脈がなかった、なんて言わないんじゃないですか？　僕が先に手を伸ばしていたら、その手を取ったとか言ってくれないと……」

「ご、ごめんっ、そういうもの？　あまり人から好意を向けられたことがなくて……」

カノンがあたふたとしていると、レヴィナスが拗《す》ねたように口を尖《とが》らせた。

「僕以外にも、好意を向ける者はいるでしょう。どこぞの、軽薄な神官が嘆きますよ」

義弟は苦笑しつつ自分の右腕を見た。

矢を射られた後遺症はないらしい。

「治療までしていただいて。僕が陛下なら、矢で射られた裏切り者なんてそのまま放置するけどな。陛下も存外、甘くていらっしゃる……」

カノンはぼやくレヴィナスの額にそっと口づけた。

「私の大事な義弟を、あの人は傷つけたりしないわ――絶対」

カノンの唇が離れた額に手を当てて、レヴィナスは「やっぱりあなた残酷だな」と自嘲《じちょう》した。

ややあって、すっきりとした顔でカノンを見た。

「キリアンから、シャーロットに報告してもらいましょう」

「シャーロットに？　なんて？」

「賊が現れてパージル伯爵とその妹を襲撃した、と」

伯爵は意識不明で、一緒にいたシャーロット・パージルも負傷した。今は錯乱して地下牢《ろう》に閉じ込めたのでどうするか、と。

シャーロットに判断を仰げば、彼女はしばらく考えるはずだ。

「……シャーロット、すぐに私を殺しに来るんじゃ」

「しばらくは大丈夫だと思いますよ。彼女は自分の身体も好きでしょうから。そんなに簡単には『処理』できないと思う――それに、皇妃になった自分の姿を、彼女はあなたにこそ見せたいはずだ。――その楽しみを消し去るようなことはしないでしょう」

そうかもね、とカノンはうんざりしながら頷《うなず》いた。

部屋を出ると、白猫姿のルカは、出窓に座ってこちらを見ていた。

「レヴィナスはもう大丈夫のようです。治癒師を手配してくれてありがとうございました。レヴィナスも感謝しています」

白猫は無表情で……、見ようによっては――拗ねている。

カノンは出窓に肘《ひじ》をついてルカと並んで外を見た。

「パージル伯爵に感謝される謂《いわ》れはない。義弟が死ねば君は泣くだろう？　――それを見たくなかっただけだ」

「そうですね」

カノンは苦笑する。

「ルカ様は私が皇女殿下を恐れて、東に逃げたらどうしました？」

ルーカス――と言っても猫なのだが――考え込むように首を傾げた。

逃げないように監禁すると言うだろうか。

――夢の中で、あるいはゲームの中でレヴィナスがそうしたように。

ふん、と白猫は鼻を鳴らした。

「――姫君が根負けするまで」

「するまで？」

「追い回して、ついて行く」

くすりとカノンは笑った。

「言っておくが、もう逃げる機会はカノンにはないぞ――俺《おれ》は充分、猶予を与えた」

以前、皇妃になってもいいのか、と、後悔しないのか――と聞かれた。カノンは後悔などしないと誓った。だからもう――もしも、が入り込む隙間《すきま》はない。

「君はもう、俺のものだ」

「わかっています。でもルカ様だって私のものですからね」

猫の鼻に己の鼻をくっつけて、戯《たわむ》れる。猫の鼻はちょっと冷たい。

「――猫姿で言われるのも悪くないけれど――元の姿でも、言ってくださいね」

カノンがねだると、照れたのか猫はそっぽを向いた。

翌朝、日も高くなってからベイリュートは、のそのそと客間のある二階から降りてきた。

「ずいぶん遅い朝だな」

呆《あき》れたルーカスにベイリュートは口を尖らせた。

「君の窮地を助けに来て疲れたんだよ。普段の倍速で動いちゃった」

軽口を叩《たた》き合う二人の前には捕縛された黒衣の男たちがいる。

「来てくれて感謝はする。おかげで厄介事が減りそうだ」

「生きているうちに君から感謝の言葉を聞くとはねえ。猫だけど」

ベイリュートの軽口は無視して、猫姿のルーカスは男たちをキリアンの肩から見下ろした。

「足は治してやった。もう歩けるだろう？　おまえたちの主に報告しろ――パージル家のレヴィナスとシャーロットを害した、と。――ついでにシャーロットを庇おうとした皇太后の飼い猫も殺した、と伝えろ」

はい、と男たちは胡乱《うろん》な表情で別荘を出て行く。

近衛《このえ》騎士のうち二人も彼らの後を、距離をとりつつも、ついて行くらしい。

「君の指示通り黒衣の男たちに命令してはみたけれど――。これからどうするの？」

黒衣の男たちは皇女の指示で動いている。

彼らと連絡が取れなくなった場合、皇女は計画の失敗を知るだろう。だから彼らの口からは「計画はおおむねうまくいった」と報告させねばならない。

「さっきも言った通り僕の洗脳なんてせいぜい半月しかもたないよ？　皇女が見抜く可能性もあるし――。君が生きているってばれるのは時間の問題だろ？　――追っ手はまた来るよ。なんなら、しばらく大公国に来る？　君たちくらいなら匿《かくま》っておけるけど？」

カノンはじっとルーカスを見た。

それはもちろん、安全の確保が最重要だが。

「それは困るな。皇都に戻った『皇帝』に下手《へた》な恩赦を出してもらっては困る。皇都に正面から戻る――。そのためにおまえを呼んだんだ」

さも当然とばかりに指示されて、タミシュ大公は大きなため息をついた。

「人使いが荒いなあ……」

「幸い、皇宮の状況は別のルートから報告が来る」

ルーカスが窓に目をやると、木の枝に小さな鳥が留まっているのが見えた。

ロシェ・クルガだろう。

「大勢の人間の目の前で事の次第を明らかにする。――避暑に来る前に、おまえを皇宮に呼んでいただろう。素知らぬふりをして粛々と俺とカノンを皇宮につれて行けばいい」

「面倒なことに巻き込まれたなあ、ほんっと君たち一族は足の引っ張り合いが好きだね」

いやだいやだとベイリュートはぼやく。

「申し訳ありません。私のせい――」

カノンが謝罪しようとするのをベイリュートは遮った。

「それは違う、伯爵。君は僕の長年の懸念事項を解決してくれた。その恩返しだ――気にしなくていい」

「……ありがとうございます」

「さて、馬車を用意するとして――皇帝陛下は、僕が抱っこしたらいい？」

へらへらと笑ったベイリュートにルーカスは舌打ち……しようとして顔を歪《ゆが》めた。猫の身体ではうまくできないらしい。

「ルカ様！　大公閣下の膝《ひざ》が嫌なら私が……」

はりきったカノンの申し出に、猫はひくひくと髭《ひげ》を揺らした。

ものすごく嫌そうな顔をしている。仕方ない、とひどく嫌そうに呟いて、ルーカスはキリアンの肩から降りると、シーツを引っ張った。

「ルカ様？」

「あいつの姿になるのは嫌だったんだが――猫のままでは格好がつかん……」

シーツを被《かぶ》った猫の身体が沈む。

溶けた、と錯覚した次の瞬間――白い布を身に纏《まと》った白髪の青年がカノンの目の前に立っていた。見たことがない姿だが、背格好も年の頃《ころ》もルーカスと同じくらい。

顔立ちはいくぶん、柔和だが。

「……ルカ様？　そのお姿は……」

鼻に皺《しわ》を寄せた青年はしれっと答えた。

「あの野良猫の本来の姿だぞ」

「えっ……」

唖然《あぜん》とするカノンには気づかず、ルーカスは「本来というと語弊があるか」と独《ひと》りごちる。

「俺が子供の頃はこの姿で皇宮をふらついていたが、祖父が死んでからは、ほぼ猫姿だな」

「ななな、なんで……」

そんな本体があるんだったら抱っこもしなかったし、それに、一緒に寝たりもしなかった。

「猫姿が楽だから、らしいが――どうだか」

カノンは赤面しつつ頭を抱えた。

「これからは、ジェジェとは距離をとります……」

「ぜひ、そうしてくれ」

「可愛かったのにね、猫姿の君。名残惜《なごり》しいよ」

揶揄《からか》うベイリュートをやめろ、と軽く蹴って、ルーカスは窓の外へ視線を向けた。

「玉座にいつまでも猫を座らせるわけにもいかんからな――取り返しに行くぞ」

◆

「議会」は、紛糾していた。

無理もない。

婚約者と避暑地から戻ってきた皇帝は何の前触れもなく議会に参加する侯爵家——ハイリケとヴィステリオン家出身の側近を地下牢送りにし、さらには不仲だった皇女の招きに応じて彼女の屋敷で語らい——恩赦を出す、と告げたのだ。

皇帝暗殺未遂の疑いで軟禁していたコーンウォルを、だ。

「認められるわけがない！　謀反人の復権など言語道断です。陛下、ご再考を！」

議会で気炎を吐くのは、侯爵家筆頭のヴィステリオンだった。苛立《いらだ》ちを隠さないフリーダ・ヴィステリオンの問いにも皇帝は答えず、じっと見てくるだけだった。

沈黙を続ける皇帝の代わりに答えたのは、皇妃になる予定のシャント伯爵だった。

「どうして？　——長年、皇族が少ないのは国としての懸念材料だったはず。コーンウォル卿が政務に復帰なされば陛下の負担も減るわ。侯爵が皇帝の決定に異を唱えるなんて不遜よ」

フリーダはギリと奥歯を噛《か》みしめた。

皇妃になる予定の女性が議会に参加することは、フリーダに異論は無い。だが、避暑地から戻ってきてから、明らかにカノンも挙動がおかしい。こんな風に人を見下すような女性ではないのだ。

それに——と、フリーダ・ヴィステリオンは皇帝を挟んだ反対側に座っている女を睨《にら》む。

「何が不満なの、ヴィステリオン侯爵。——そもそも、あなたが未《いま》だ議会への出席を許可されているのがおかしいわ——」

「なんのことです、皇女殿下」

「とぼけないで。あなたの弟が私の可愛い甥《おい》っ子を殺そうとしたんだもの。恐ろしいわ、近衛騎士が皇帝を殺そうとするなんて……！」

フリーダの隣の席で、老侯爵ハイリケが眉間《みけん》に皺を寄せた。

二人の身内が——身内かつ、皇帝ルーカスの腹心とも言えるシュートとラウルが皇帝を暗殺しようとした罪で、今も地下牢にいる。

「真実、愚弟が陛下に危害を加えたというならば、私が自ら処断します」

「じゃあ、そうしてちょうだい」

「しかし、愚弟が陛下を傷つけることなどありえません。陛下、何かの行き違いか——何者かの讒言《ざんげん》でございます……！　どうか、申し開きの機会をお与えください」

皇帝は首を傾げた。彼がよくする仕草だ。

だが、違和感がある——。下手な物真似《ものまね》を見たような違和感だ。

「我々は黒衣の騎士たちに狙われ、パージル伯爵とその妹が傷つけられた——恐ろしいことに奴らが言ったのだ。黒幕はヴィステリオン家の三男と、ハイリケの嫡孫だとな」

「理由がございません」

「……理由ならば、君たちにはおおいにあるだろう」

皇帝はハイリケとヴィステリオンを代わる代わる眺めた。

「皇族はわずかに四人。俺が死に、叔父が軟禁されたままなら――」

フリーダが、ぐ、と言葉を呑《の》む。

「国法に従い、議会が侯爵家の誰かから――次代の皇帝を選ぶべし、と……」

「それは……」

「近年、どういうわけか有力な侯爵家の不祥事が続いているな……？　ディアドラは当主が首都によりつかず、サフィンは娘が、ラオ家は息子が罪に手を染めた――そんな中、ハイリケとヴィステリオンは無傷だ。今、俺が死ねば君には都合がいいだろう……」

「そのようなこと、考えたこともございません」

「ただでさえ君は、まるで俺の姉のように傲慢《ごうまん》に振る舞うことがあるな？」

「我らの忠誠をお疑いになるのですか、我が君！」

フリーダは声を荒らげた。

「事実、君の姉思いの弟は私に刃《やいば》を向けた。――ヴィステリオン侯爵家の一族の結束は私もよく知っている――シュートは君に冠を授けたかったのか？」

「決して、そのようなことはございません……！」

皇帝は興味を失ったようにふいと目を背けた。

「侯爵家への信頼は揺らいでいる――俺を殺して玉座を手にしたいのではないか、とな。もしも謀反の意思がないならば――叔父の復権に反対するな。俺を殺したとしても叔父がいる。

――君が王冠に興味がないなら、反対はしないはずだ」

議場は水を打ったように静かになった。

皇帝にそこまで言われては、議会は強く反論することはできない。特に、皇位継承権を持つ侯爵家は反論すれば謀反の意思ありと断罪されかねない。

「国教会もずっとコーンウォルの復権を望んでいたのだし、反対しないわ――皇帝陛下の結婚は、コーンウォルの恩赦には実にいい機会でしょう？」

しばしの沈黙の後、ハイリケが重い口を開いた。

「陛下の御存念はわかりました。しかし、今日は日がよろしくない。コーンウォル卿のお考えも聞かねば。陛下の意見に沿うように、詳細は日を延べて決定することに――」

皇女は音もなく、立ち上がった。

議会の部屋の、扉に手をかける。

「大げさに考えなくてもいいわ。あなた方は私たち家族の仲直りを見ていればいいだけよ」

まさか、と視線をやった先――扉は開かれ、銀色の髪と赤い瞳をした男性が黒衣の騎士を従えて現れた――。

「……コーンウォル……卿」

フリーダが呻いた。

「久しぶりだね、皆――議会もだいぶ顔ぶれが変わったようだが」

「……承認しかねます。陛下」

フリーダは現れた男を無視して、主に切々と訴えかけた。

「我が家門が信用に値しないというならば爵位を返上いたします！　しかし、それはなりません——そこに立っている男は……あなた様を殺そうとし、それどころか、あなたの……！」

「控えなさい、ヴィステリオン」

皇女から扇子《せんす》を口元につきつけられて、フリーダは口をつぐむ。

皇帝の隣に立っていたカノン・エッカルトが笑いを堪《こら》えるために口元を押さえている。

——違う。

こいつらは、絶対に、違う。

フリーダ・ヴィステリオンは歯噛みした。避暑地で何があったのか。

あの方らしくない、やはり、避暑になど行かせるのではなかったと後悔するが、今は何もできることがない。

コーンウォルは皇帝の前に跪《ひざまず》くと殊勝に頭《こうべ》を垂れた。

「長きにわたり、陛下のお心を悩ませたことをお詫《わ》び申し上げます。これからは——陛下のお心に沿うよう生きてまいります。どうか、私へのお疑いをお晴らしになり、再び臣下として従うことをお許しください……！」

皇帝は立ち上がって己の前に平伏する叔父を眺め、それから夜空を見上げた。

「今夜は新月だな――新月は一見、暗いが星の有様を観察し直すにはよい日だ」

「――ルカ様？」

何を言っているのか、とカノン・エッカルトが責めるような目を向ける。

皇女も笑顔で、急《せ》かした。

「陛下、星を愛《め》でるのは後でもできること――まずは、宣言を。哀れなあなたの叔父を許すと今、ここでおっしゃってください」

――皇女は議会の面々の顔を見渡した。

「念のため聞くけれど――陛下の決定に、異論を唱える者はいないでしょう？」

ヴィステリオンでさえ発言を堪えた。その時――。

「ございます！」

にわかに扉の向こうが騒がしくなり――涼やかな声と共に白い服の男が飛び込んできた。

「ロシェ・クルガ？」

「……何をしに、ここへ……」

白衣の神官は場の注目を集めたことに満足げに微笑むと、皇帝に向かって跪いた。

「陛下、どうか短慮を起こすのはおやめに。大罪人であるこの男の復権を国教会は望みません――、むしろ裁判を起こすことが望ましい者です」

「何を……！」

コーンウォルが動揺し、カノン・エッカルトが鼻白む。

「ロシェ・クルガ。弁《わきま》えなさい！　神官ごときが議会に乱入して発言など許されないわ！」

神官は立ち上がって、艶然《えんぜん》と微笑んだ。

「聖官には必要に応じて議会で発言する権限がございます。その権利を行使しているだけ」

「……どういうこと？」

カノン・エッカルトが不思議そうに言った。

『彼女』はロシェ・クルガの事情を一切知らないので、無理もない。

くすくすと笑って、ロシェ・クルガは皇女を見た。

「この数か月、聖官になるのを保留しておりましたが。つい先日、大神官の命により聖官職につきましたことをご報告させていただきます」

コーンウォルが抗議する。

「おまえの出世など知ったことではない。議会で発言権があるにしろ、なぜ私の恩赦の邪魔をする？　何の罪があるというのだ！」

「我ら国教会は皇帝に従うものです――そこの玉座にいる方もその隣にいる者も、皇帝と寵姫《ちょうき》を騙《かた》る偽物で、陛下のお命を脅《おびや》かしている……。コーンウォル卿が仕組んだことですね」

一瞬コーンウォルはひるんだが、鼻で笑い飛ばした。

「何の証拠があるというのだ」

ふふ、と神官は笑った。

「証拠ならば色々とございますよ。まずはその前に見ていただきたいことがございます」

「――こちらを見ていただけませんか」

爽《さわ》やかな声音で、ロシェ・クルガの背後に現れたのは、イーザの町で瀕死――になっているはずの、パージル伯爵だった。

カノン・エッカルトの表情が動いた。

「レヴィ？　どうしてここにいるの？」

それには構わず、パージル伯爵は胸元から巻かれた紙を取り出した。

「コーンウォル卿の復権に賛成する貴族たちの署名です。本来ならば明日、国教会に提出されることになっていました。各自、正式な署名が為されています」

紙を渡されたヴィステリオンは呻いて、議会メンバーの幾人かを睨んだ。

彼らはぎょっとして視線を逸《そ》らす。

「皇女殿下は、弟君の復権のために密《ひそ》かに貴族の署名を集めていらっしゃった。僕も含めて」

「……いつの間に」

ロシェ・クルガが笑顔でレヴィナスから言葉を引き継いだ。

「ディアドラ侯爵家のマイラ様が、それと知らずに書簡を、運んでいらしたようです。ディアドラ侯爵閣下が気づいて、私に報《しら》せてくださいました」

「レヴィナス……コーンウォル卿の解放にあなたは、賛成したのでは……」

カノンの責めるような視線に、レヴィナスは首を振った。

「僕は、カノン・エッカルトの不利益になることはしない」

議場がざわつく中、皇女は沈黙し、コーンウォルは舌打ちした。

「馬鹿馬鹿《ばかばか》しい。それの何が大罪の証拠なのだ？　――私の不遇を哀れんだ貴族たちが善意を寄せてくれただけではないか！」

レヴィナスは沈黙したままの皇女を見つめた。

「皇女殿下は私に教えてくださいました。――陛下はきっとしばらくすると『扱いやすく』なる、と――」

フリーダが殺しそうな目で皇女を睨み、ハイリケが腕を掴《つか》んで彼女を押さえる。

レヴィナスは指さした。

「不遜ながら。そこにおられる陛下は――陛下ではないと告発します」

「馬鹿な！　何の証拠があって」

ロシエ・クルガは持ってきていた革の鞄《かばん》を差し出す。

「証拠が必要ならば、ここに……！」

――白い塊が飛び出して、コーンウォルの顔に飛びかかって、彼は哀れな叫び声をあげた。

「じぇ……ジェジェ!?」

フリーダ・ヴィステリオンが叫ぶ。

議会の面々もあっけにとられて白い毛玉を見つめた。――避暑地で死んだわけではなかったのか、と安堵する声も聞こえる。

「……な、なんで……？　猫は死んだはずよ……」

カノン・エッカルトが呟く。

「そう。――ちゃんと、彼らは『私たちが死んだ』と、そう報告してくれたのね？」

開けっぱなしになったままの扉から、二人の騎士を引き連れて女性が現れた。

これにも議場の面々は息を止めた。

特徴的なストロベリーブロンドの髪、清楚《せいそ》な美貌。死んだ、と報告があったシャーロット・パージルに違いない。彼女の背後には牢にいるはずのシュートとラウルがいる。

「パージル伯爵に続いて、私も告発します。そこにいるカノン・エッカルトは本物ではない。なぜなら――私がそうだから。私の身体を返してちょうだい。シャーロット・パージル。そして陛下の身体も！」

まさか、と白い猫に視線が集中する。

猫は忌《い》ま忌《い》ましげにテーブルから飛び降りるとその場で一瞬溶けて、次の瞬間には白い服を身に纏った白髪の青年に姿を変えた。

周囲が誰だ、とざわつく中、老人たちだけが何かに気づいたように青年を凝視する。

「ジェセルジェアレナージェ……！」

皇女は舞い降りてきた青年の名前を親しげに呼ぶ。

「これは……懐かしい顔ね……！　生きていたとは思わなかったけれど」

「挨拶《あいさつ》は不要だ。——この顔は気に食わん。——俺の身体をさっさと返してもらおうか」

じろりと睨まれてコーンウォルが一歩後ろに下がった。

ハイリケとヴィステリオンが期待を込めた目で見る。

「何の罪があるか、と聞いたか？　叔父上。——ここで罪状をつらつら並べて読み上げてもいいが。今一番腹が立っているのは——あの野良猫に俺の身体を使わせていることだ！」

青年の声に呼応するように風が、びゅうと舞う。

鋭い風がコーンウォルを襲って、白い頬に幾筋かの血が浮く。

カノン・エッカルト——の姿をしたシャーロットは隣に立つ皇帝の腕を掴んだ。

小さな声で、しかし、必死に訴えかける。

「何をぼけっとしているの！　ジェセルジェアレナージェ、霊獣よ！　私の……皇族の血を持つ私の命令を聞きなさいッ!!　……乱入者をさっさと殺して！　はやくっ！」

腕を掴んで揺すり、それでも動かない皇帝に業を煮やしてシャーロットは金切り声で叫び、白髪の青年とその横に並ぶストロベリーブロンドの「自分」を指さした。

「はやく!!　あれを、なんとかしなさいよっ！」

皇帝はシャーロットを見下ろし……。ニヤっと笑い、べぇと舌を出す。

「やーなこった。猿芝居は、もーおしまいっ！　僕ってばお猫様だけど！」

「は？」

およそ皇帝らしくない仕草に、シャーロットだけでなく、その場にいた皆が目を丸くした。

「そもそもさあ！　馬鹿ルカの身体より、僕の身体の方がよくない？　元に戻りたいのは僕の方なんですけどッ！　心外だよね！」

「俺の身体で軽薄な口調はやめろ、毛玉」

鳥肌が立つのかジェジェの身体に入ったルーカスが腕をさすった。

「毛玉じゃないですぅ～！　おまえの身体を我慢して半月も預かってやった、超かわいい親切なお猫様ですぅ！　平伏して礼を言え……って、駄目だ。それでは僕の美しいご尊顔が！」

「……ジェジェ、そのくらいで。ラウルが解釈違いで死にそうになっているから……」

うん？　とジェジェが視線を向けるとラウルが耳を塞いで目を瞑《つむ》っており、シュートが苦笑しつつラウルを眺めている。仕方ないか、と皇帝の顔をしたジェジェは笑った。

「とりあえず、ラウル君とシュートが僕……じゃないや、皇帝を殺そうとしたっていうのは嘘ね。はい、釈放」

そんなあっけなく、と誰かがぼやき、カノンの背後にいたシュートが動いた。その隣で居心地が悪そうに腕をさすりながら白髪の青年――ルーカスが命じた。

「皇帝に刃向かった、シャーロット・パージルを捕らえよ。身体に傷はつけるなよ」

「はっ！」

騎士たちが応じてシャーロットを拘束した。

動けないように押さえつけられながらシャーロットは呻いた。

「ど、どうして……霊獣は、皇族の命令には逆らえないって！　そう、言ったのに！」

――シャーロットは助けを求めるかのように皇女を見たが皇女は目を逸らす。

「仕方ないじゃん。僕の名前、今はもう、ジェセルジェアレナージェじゃないし。気に入っていたのに」

ジェジェがぼやく。

霊獣ジェセルジェアレナージェは何百年も前から皇帝と契約し、基本的には皇族に真名を呼ばれ命じられたことには逆らえないようになっている。

だが、以前、ラオ家領地でもジェジェが愚痴っていた通り、この霊獣の名前は当代の契約者、ルーカスの「長い」という一存によって「ジェジェ」に変更されている。

よって「ジェセルジェアレナージェ」はどこにもいない。

命令は最初からすべて遂行されていなかったのだ。

「だからジェセルジェアレナージェに命じたって、魔法はきかないよ」

ジェジェの説明に、シャーロットはぺたり、と座り込んだ。

コーンウォルは蒼褪《あおざ》め、近衛騎士から首元に剣をつきつけられて沈黙を守っている。

シャーロットは涙目でジェジェを見上げた。

「この半月、演技をしていたのね！　そして……私を笑っていたんだわ、ひどい」

――この期《ご》に及んで誰かを「ひどい」となじって内省をしないのには、呆れを通り越していっそ、感心する。

カノンは、ロシエ・クルガが持ってきていた鞄から黒い表紙の魔術書を取り出した。

「それは！　私の部屋にあったのよ！　……盗んだの？」

シャーロットが声を荒らげた。

そもそもディアドラ家から盗んだのはシャーロットなはずだが、と思いながらも無視する。

――シャーロットの部屋からこれを持ってきたのは、侍女のセシリアだった。様子のおかしいカノン・エッカルトに気づきながらも、少女は主人に黙って仕えて観察していた。

ロシエ・クルガから事情を聞くと、シャーロットにはばれないようにして、魔術書をこっそり持ち出してくれた。危険だが大丈夫かと聞くと「恩返しですから」と応えてくれたらしい。

いろいろな人のおかげで、戻ってこれたなと嘆息してカノンは自分の身体を見下ろした。

「――盗んだのはあなたよ、シャーロット。全部返してもらうわ」

カノンは魔術書の詩を唱えた。

『星の煌《きらめき》を地上に降らせ
光を紡《つむ》いで運命を編む
魂二つを並べて揺らし
互いの籠へ捩《ねじ》って戻せ』

この身体は私のものではない。

あるべきところに戻らねばならない。

——覚えのある浮遊感が身を包み——次に目を見開いた時、カノンの視線の先には呆然と立ち尽くす、ストロベリーブロンドの美女、シャーロットの姿があった。

カノンは手にしていた魔術書に視線を落とす。

「ディアドラ侯爵によると、入れ替わりの魔法は同一の二人では、一度きりしか使えないのですって——あなたが私になることも、その逆も、もう無いわ。そうよね？」

カノンが議場の入り口に視線をやると、正装をしたディアドラ侯爵オスカーが立っていた。

「オスカー……！」

涙声のシャーロットには目もくれず、ディアドラ侯爵はカノンとルーカスに恭《うやうや》しく跪いた。

「盗まれた我が祖先の秘宝を取り戻していただき、誠に感謝いたします」

「古代の遺物は危険だ。——放置すべきではないな」

「適切に処分いたします」

魔術書を受け取ったオスカーに、シャーロットが助けて！　と駆け寄ろうとする。

シュートが後ろから押さえて床に押しつけた。シャーロットは鋭い悲鳴をあげた。

「私を裏切るの？　オスカーも私を見捨てるのね！」

哀れな様子は同情を誘うが、真実を知っていると困惑しかない。どう考えても自業自得だ。

だが、オスカーは微笑むとシャーロットの前に片膝をついて優しく声をかけた。

「そうだよ、可哀《かわい》そうなシャーロット。僕は我が身可愛さに君を裏切るんだ。恨んでいい」

「ひどい！　あんまりよ！　私は悪くないわ、あなたが悪い……！」

「そうだね。悪いのは僕だ――ごめんね。君を幸せにできなかった。ずっと、僕が悪いと、そう思っていていいよ。最後の最後まで」

近衛騎士に捕縛され、泣きながら連れていかれるシャーロットを見送ってカノンは悟られないように小さく息を吐いた。

自分で思うよりもずっと緊張していたらしい。

オスカーは一礼して皇帝の眼前から退いて、事の成り行きを見守る議員たちの横に並んで立つ。澄ましたその顔からは動揺は窺《うかが》えない。

「シャーロット・パージルは……魔術書の使い方をとある人物から聞いた、と言っていた。皇帝の身体を傷つけるよう唆したのは誰か。あとでじっくり聞くとしよう。心当たりがあるならば、今言った方がいいぞ」

剣先を突きつけられたままのコーンウォルが焦った声で否定した。

「それは、私ではない！　ルカ……いや、皇帝陛下。どうか信じてください。確かに私はかつて玉座を欲したこともあった！　けれどそれはもはや昔のことです。今はただ、自由と平穏だけを望んでいる――」

なるほど、と言葉少なに応じて、ルーカスは先ほどから沈黙している皇女を見た。

驚くほど動揺せずに、口元には笑みすらはいて動揺する弟を眺めている。

「叔母上にも聞こうか。くだらない魔法をパージル伯爵令嬢に教えたのはあなたか？　お遊びが過ぎる――」

女は答えず優雅な足取りで皇帝の前に立つと胸に手を添えた。

「違うと言ったら信じてくれるかしら、陛下？」

「……シャーロットは『教えてもらった』と言っていました、皇女殿下。優しくて綺麗な方に、と。妹は素直なので、私が頼めばそれが誰か教えてくれるでしょう。すぐに」

カノンが言うと、皇女は嫌そうに顔を顰《しか》めた。

「あの子は駄目ね。もう少し楽しく遊んでくれると思ったのだけど！」

「認めるということか？」

「退屈な人生の、ちょっとした余興よ、ルカ。――拙《つたな》い入れ替わりが長く続かないことはわかっていたのよ。……ジェセルジェアレナージェの真名が変えられていたとは、予想外だったけれど……ジェジェは演技が上手《じょうず》なのね」

微笑まれて、うげ、と呻きつつ、ジェジェが後じさった。

「入れ替わりがすぐに露見するとわかっていたなら、どうして試したのです？」

カノンの質問に皇女は微笑んだ。

「事例が見たかったの。古代の魔法が本当にうまくいくのか。――入れ替わった後に何か不具合がないか――わからないことは、怖いじゃない？」

まるでルーカスとカノンが実験台だった、とでも言いたげな口調だ。

「それはどういう意味――」

カノンの問いには答えずに、皇女は立ち上がった。

自然な動作で――あまりに自然だったがゆえに、一瞬誰もが対応が遅れた。ちょうど彼女の右側に立っていたディアドラ侯爵に向けて微笑むと、彼に近づいて思い切り突き飛ばした。

「何っ……」

皇女の手には魔術書。魂を入れ替えることのできる魔法が込められている。

その相手は――。

皇女は楽しそうに、玉座の皇帝を見つめている。

「たとえば、私とあなたが入れ替わったらどうかしら！　ルカッ！」

意図に周囲が気づいた刹那《せつな》、彼女は黒い背表紙の魔術書を開いて皇帝に向かって、高らかに宣言した。

『月の銀を地上に降らせ――』

銀色の光が魔術書に集まる。

「ルーカス!」

カノンが庇おうと皇帝に抱きついたのと、皇女が後方に吹き飛ばされたのは、ほぼ同時だった。壁に叩きつけられて、華奢《きゃしゃ》な身体はずるりと床に落ちる。

「ルカ様」

「俺は、大事ない。……皇女は生きているか」

苦々しげな問いかけに、皇女に近づいたシュートが頷いた。

「……気を失っておいでなだけです。骨は折れているかもしれませんが」

ロシェ・クルガが進み出て治癒を申し出て、シュートと共に皇女を抱き上げて部屋を辞した。

嵐のような時間が過ぎて重い沈黙を取り払ったのは、呑気な鳴き声だった。

「――いやもう、人間ってわっかんないなあ。自分の身体が最高で、一番いいに決まっているじゃんねえ。なんで違う誰かになりたがるかなあ? 変なの」

ポンッと音を立てて、白髪の青年はふわふわの白猫の姿に戻る。

「……それは、ジェジェが特別で最高なお猫様だから、じゃない？」

カノンが苦笑して手を伸ばすと、いつものように白猫はぴょんっと飛んできて両腕の中に収まって甘えた。そいつの本体は先ほどのアホ面の男だぞ、とルーカスは渋面になったがそれ以上とがめはしなかった。

「……陛下……」

ハイリケが声をかける。

「子細は明日だ。――皇女を捕らえておけ。自死などさせぬよう」

は、と近衛の隊長が応じて部屋を出ていく。

さらに皇帝に言われて議会の面々が部屋を出ていく。

「……信じてくれ、ルーカス！　陛下……。今回のことは、私は無実だ。何も知らなかった！

私はただ姉に、今の暮らしが辛《つら》いと――助けてくれと願っただけだ！」

必死に訴えかけてくる叔父を一瞥《いちべつ》し、戻ってきたシュートに拘束を命じた。

「ルーカス！」

「叔父上には元の屋敷にお戻り願おう――。あなたが蒔《ま》いた種だ。今ある命に感謝して余生を楽しむのだな」

「私はおまえの暗殺など企んでいない、――ヴァレリアだ！　あれは……」

ルーカスはうんざりした様子で手を振って叔父のわめき声を遮った。

「いまさら、俺のことはいいのですよ、叔父上。だが、父と母を殺したのはあなただ」

一瞬、コーンウォルが言葉に詰まった。

皇帝の両親は相次いで流行病で亡くなったと公には言われているがその実、公務の途中の落石事故だったのは皆、知っている――。

「馬車に細工がしてあったことまでは調べた。細工をした騎士があなたと懇意だったことも……そして、ほどなく職を辞して死んだことも」

「証拠など……」

「ない」

きっぱりと皇帝は言い切った。そして自嘲する。

「だからあなたを殺さずにいるのだ。証拠が見つかればいつでも殺してやる、ジュダル……。――自由になりたいなどという大それた望みは捨てて、神に祈るんだな――新たな証拠が出てこずに天寿を全うできることを」

蒼褪めたコーンウォルは視線を彷徨《さまよ》わせたが諦《あきら》めたように、俯《うつむ》いた。

連れていかれるコーンウォルと部屋を出ていく貴族たちの背中を見送って、ルーカスが深いため息をつく。議場にはルーカスとカノン、それからジェジェだけが残された。

「今夜はため息ばかりですね、ルカ様」

「……猫の身体の使い方が悪かったんだろう、やけに肩が凝る」

「僕のせいにするなよっ！」

ふにゃふにゃと抗議しながらジェジェはルーカスの肩に飛び乗った。案外、居心地がいいらしい。揺れる尻尾を疎《うと》ましそうに掴みながらルーカスはもう一方の手で、カノンを手招く。

「疲れたな」

「……そうですね」

シャーロットにしろ、皇女にしろ、身内の悪意をぶつけられるのは消耗する。

抱き寄せられるので、カノンはルーカスの肩に頭を預けた。

「あのまま、――私もルカ様も元の身体に戻らなければどうしていましたか？」

「そうだな……どこか遠くへ行ってもよかったかもしれないが――」

「初代皇帝の誓いがあるからな。皇国への災いを避けるために皇族の誰か一人はこの国に縛られなければならない。叔父も叔母もいなくなれば――俺は一生ここにいる」

「……逃げたかったですか？」

カノンの問いに、さて、とルーカスは笑った。

「皇位を手にしたのは俺の意志だ。それを後悔はしていない――、だが己の意志とは関係なく、生きる場所を決められる――それが時折、無性に腹立たしいな」

カノンは手を伸ばした。月の光を鈍くはじく髪を撫でる。

「ルカ様は、どこへでも行けます。きっと、初代に課せられた誓いを破る方法があるはず」

ルーカスの業が——、憤怒が、彼をここに縛る運命への怒りなら、いつかその業を解く。

——必ず。

そうだといいが、と笑ってルーカスは目を閉じた。

## ★エピローグ

皇帝と司書姫の婚約発表から数か月。

皇都ルメクの大聖堂で皇帝とシャント伯爵は大神官の立ち会いで、正式に婚約し、その宣言を行った。十三名の聖官と議会を構成する貴族そしてシャント伯爵の縁者たるパージル伯爵。彼らが見守る前で粛々と儀式は終わり、二人は皇都の民にその姿を披露するために大聖堂を出ていく。

「宣誓に立ち会えるとは。これほど幸せなことはございません。感慨深いですねえ。このたびはおめでとうございます」

白い典礼服に身を包んだロシェ・クルガは、微笑《ほほえ》んだまま義姉の背中を見送る若い伯爵に祝いの言葉をかけた。レヴィナスはちらりとロシェ・クルガを見て礼儀正しく礼をした。

「聖官にもお祝いを。ようやく皇宮でふらふらするのをやめたとか？　国教会で、どうか陛下の手足となって働いてください」

「含みがある言い方ですね」

「義姉上のことは僕に任せて安心して神に仕えてください。――ますます、皇宮での暮らしを支えなくては」

「……ふられて諦《あきら》めたんじゃなかったのですか？　あなた」

レヴィナスは不敵に微笑む。

「何のことだか。僕と義姉上は互いに確認しただけですよ。これからもずっと家族だ、と。――夫婦は別れることがあるが、家族は永遠ですから――もちろん、一介の宗教者などは立ち入る隙間《すきま》もない」

「ますます、拗《こじ》らせているな……」

ロシェ・クルガが若干引き気味に言うと、ふん、とレヴィナスはそれを鼻で笑った。

「――長期戦を覚悟したのさ。一度くらいでへこたれてたまるか。――ま、今日はめでたい日なので。素直に祝うよ」

その横顔は、常にないほど明るい。

揃《そろ》いの白の正装に身を包んだ皇帝と婚約者が城下に現れたのは秋も深くなってからだった。

国教会の行事に連れ立って馬車で現れた二人は沿道に集まった皇都の民たちに笑顔を振りまく。平民たちは熱狂して、皇帝と未来の皇妃を大声で称《たた》えた。

二人の青年が、人波に逆らって歩く。

前を歩いていた細身の青年は、路面の花屋で立ち止まると微笑んだ。

「綺麗《きれい》な花だね」

橙《だいだい》の百合《ゆり》を手にしてうっとりと眺める。

「めでたい日だからお安くするよ。陛下の姿は見えたかい？　私はまだなんだけど……」

青年はくすりと笑い声を零《こぼ》した。

「しっかりと目に焼き付けたよ。しばらくは会えなくなりそうだから」

会える、という言葉選びを店主は訝《いぶか》しんだが、まあいいかと青年の言葉を流した。

「皇女様もお目覚めにならないし、皇太后様もお具合が悪い——コーンウォル様もずっとああだろう——陛下のお側《そば》に新しい家族ができるのは喜ばしいことだね」

青年はそうだね、と微笑んだ。

——皇女が倒れ、意識不明のまま目覚めないとの報が流れたのは夏のことだった。口さがない者たちの噂《うわさ》では皇帝と言い争いになり倒れてから——ずっと目を覚まさないのだと。

皇族には二十年ほど前から不幸が続く。

孤独に政務に邁進《まいしん》している皇帝に家族ができるのは臣民にとっても慶事だった。

「司書姫様もお可哀《かわい》そうに」

「可哀そう？　——皇帝の妃《きさき》になるんだ。国で一番幸せな方でしょう」

青年の言葉遣いは柔らかい。身分が高い人なのか、まるで女性のようだ。

「身内にご不幸があったんだよ。侯爵夫人になるはずだった妹のシャーロット様がご病気で、国教会の施設に入られて……治る見込みはないから、お父上が随行されるんだって……。とにかく、身内に縁の薄いお二人が幸せになるんだ、喜ばしいね」

そう、と青年は気のない返事をした。

「あれだけお膳立てしてやったのに。結局、妹を殺せなかったんだね、本当に母親そっくりの、つまらない女」

「え？」

喧噪《けんそう》に紛れてよく聞こえなかった。

聞き返す店主に何も、と青年は首を振った。

「何をしている、行くぞ」

後ろから襟を引っ張られ、青年はため息をつくと同行者の指示に従った。

「乱暴者」

「あんたが呑気《のんき》なだけだと思うが？　さっさと行くぞ。追っ手がこないとも限らない」

「見張りは全員、殺したんでしょう？　――みんなルカと司書姫の慶事に浮かれて、犯罪者の逃亡になんて気づかない――誰《だれ》も来ないよ」

「殺すものか！　皇族の護衛は大抵それなりの貴族の子弟だ。殺すとあとあと面倒なんだよ」

――さあ、行くぞ、ヴァレリア」

くっくっ……と、コーンウォルの顔をしたヴァレリアは笑った。

「最初から、こうすればよかった」

晴れ晴れとした気分で城下を歩く。
ヴァレリアの身体《からだ》を捨てられて。実に——人生で一番、気分は晴れやかだった。
「つまらなかった、本当に。何一つ、私は自分で決められないから」
生き方も、結婚相手も、寡婦になった後の処遇も、周囲が勝手に決めていく。
——ヴァレリアがヴァレリアであるが故に。
同類のはずのルーカスが近年、どこか楽しそうなのも気に入らなかった。
あなたと私は、同じように人生に倦《う》んでいなければならない。
抜け駆けは——自分だけ幸福を得ようだなんて、許されない。
「お互いに枷《かせ》が外れたからには、ルカは私と遊んでくれるかしら？」
先帝に課せられたくだらない誓いのせいで、皇帝は己を殺せない。
己も皇帝を殺せない。
お互い殺したくてたまらないのに——。
じゃあ、とヴァレリアは考えたのだ。
誓いの及ばない立場に、身体になればいい。
——初代のディアドラは実に都合の良い魔法を残した。
近い血筋の二人を入れ替える魔法——。
たとえばそう、司書姫と愚かな妹のように。霊獣と皇帝のように。

そして、皇女とコーンウォルのように。

哀れな弟は、あの新月の夜からずっと皇女の身体の中で眠りについている。

くつくつ、と皇女は嗤《わら》った。

あの場にいた誰もが、コーンウォルにも皇女にも興味が無い。

だから、誰も気づかなかったのだ。本当は皇女が何をしたかったのか、誰と誰を入れ替えたかったのか、と――。

美貌《びぼう》は惜しいけれど、とヴァレリアは笑った。

あの身体は――ヴァレリアの身体は、もう長くはなかった。病魔に冒されてあと数年も経《た》てば朽ちてしまう。ならば、弟の――すっかり玉座への野心も失ってふぬけてしまったジュダルの身体を有効活用して、何が悪いというのだろうか？

「これから、どうするおつもりで？　皇女殿？」

「――決まっている。退屈を紛らわすためにルカと遊ぶの。あなたにも招待状をあげる！」

黒衣の騎士、ゼインは肩を竦《すく》めた。

「仰せのままに……」

幸せに浮かれる人波と皇帝たちに背を向けて、二人は東へ足を向けた。

# あとがき

初めまして。またはお久しぶりです。やしろ慧です。

このたびは「皇帝陛下の専属司書姫」四巻を手にとっていただき、誠にありがとうございました。シリーズで四巻に到達できたのが初めてなので、ドキドキします。

今回カノンとルーカスはもちろん、一巻から燻っていたあの人と、前巻から引き続き楽しそうなロシェを書けて感慨深いです。

攻略対象の中で、一番人生楽しそうだな、ロシェ。（ロシェよりも猫生楽しそうなのが、ジェジェ。いつもお猫様は楽しそうです）

他の人たちはまあ、色々……。なかなか業は解消できない……のかも？

執筆にあたり、今回も、ご迷惑とご迷惑しかおかけしていない、編集様。校正様。今回もありがとうございました。東の方角に頭を下げまくっております。

挿絵のなま先生には引き続き、今回も表紙、口絵、挿絵と素敵なイラストを担当いただきました。本当にありがとうございました！

どの挿絵が好きかと聞かれたら、全部大好きです！　と即答しますが、ルーカスは、悪い顔をしているのが一番かっこいいと思っていますので、お久しぶりなあの人を口説いて？　いる挿絵にニヤニヤさせていただきました！　悪い顔！　好き！

貢物はちまちまするな、全部よこせ、という俺様理論ですね。

さて、以下、少し本編のネタバレを含みます。


ラストの挿絵。

残る人たちと去る人たちの温度差で風邪を引きそうになりました。

書きながらこの人怖いな、と思いつつ、いつも素敵に描いていただけるので挿絵に皇女様がいると、ワクワクする作者でした。


今回、自分以外の誰かになってみたいか、というのもちょっとだけテーマだったのですが、私は「自分以外の誰か」になれるなら、球技が万能なスポーツ選手になってみたいなー、という妄想をよくします。

スポーツで、「まあまあできるよ」と言えるのが水泳や長距離などで、球技全般が壊滅的なのです。バスケはドリブルができないし（バスケ部だったのに）バレーは痛いからレシーブで挫折し、テニスや卓球は空振りしてしまう、という。

あとは幼少期、祖母と一緒に時代劇を見ながら育ったので、剣を持って戦う人に憧れます。小説でもメインヒーローは剣術が得意にしがち、だと最近気づきました。

ルーカスが剣術で誰かと戦うシーンをいつか書けたらいいな、と思いつつ。まずは今巻でのカノンとルーカスのやり取りを楽しんでいただけたら幸いです。

なお、本作、コミカライズも開始していただいておりまして！　小説一巻時点のものだもだしている二人もゼロサムオンラインにてお楽しみいただけます。

あー、ルーカスとカノンはこんな関係だったな、とか。

レヴィナス頑張れ！　今行くんだ！　今だ！　とか。

懐かしく、応援しつつ読んでいただければ、と。

小説ともども、何卒よろしくお願いします。

そして、この本を読んでくださった方、本当にありがとうございました。

すこしの時間でも「楽しい」をお届けできていますように。

それでは、また。

どこかでお会いできることを祈って！

やしろ慧

# 皇帝陛下《こうていへいか》の専属司書姫《せんぞくししょひめ》4
## 闇堕《やみお》ち義弟《ぎてい》の監禁《かんきん》ルートは回避《かいひ》したい！

2024年4月1日　初版発行

著　者■やしろ 慧
発行者■野内雅宏
発行所■株式会社一迅社
〒160-0022
東京都新宿区新宿3-1-13
京王新宿追分ビル5F
電話03-5312-7432（編集）
電話03-5312-6150（販売）
発売元：株式会社講談社
（講談社・一迅社）

印刷所・製本■大日本印刷株式会社
ＤＴＰ■株式会社三協美術

装　幀■AFTERGLOW



ISBN978-4-7580-9634-8


この本を読んでのご意見
ご感想などをお寄せください。

**おたよりの宛て先**

〒160-0022
東京都新宿区新宿3-1-13
京王新宿追分ビル5F
株式会社一迅社　ノベル編集部
やしろ 慧《けい》 先生・なま 先生